Frank Salewski

Heimgekehrt

Wäre er doch gefallen

KILLROY *media*

Impressum

Herausgegeben wird die Reihe Killroy 10 + 1 Stories
von Michael Schönauer.

Lektorat: Martin Plan, Asperg
Gestaltung und Satz: Eva Rosenberger, Stuttgart
Titelfoto: Ralf Urbschat, Neustadt i. H.
Gesamtherstellung: Druckerei Steinmeier, Deiningen

Bibliografische Information Der Deutschen Bibliothek
Die Deutsche Bibliothek verzeichnet diese Publikation in der Deutschen Nationalbibliografie; detaillierte bibliografische Daten sind im Internet abrufbar http://dnd.ddb.de

ISBN 978-3-931140-17-5

1. Auflage 2012

Für meine Oma und meine Mutter

Der Autor

Frank Salewski wurde 1967 in Schenefeld i.H. geboren. Nach der Lehre zum Elektriker arbeitete der Autor zwei Jahre als Elektromechaniker bei Lufthansa, um dann mit 23 Jahren unter 15-17jährigen Mitschülern wieder regulär die Schulbank eines Gymnasiums zu drücken. Nach dem Abitur und einem Geschichts- und Politikstudium in Kiel und Bremen absolvierte er ein zweijähriges Referendariat als Gymnasiallehrer in Braunschweig. Danach folgte die Rückkehr nach Bremen, um für sieben Jahre an einer Sonderschule mit verhaltensauffälligen Schülern in einem Brennpunkt zu arbeiten. Seit August 2009 unterrichtet der Autor an einer Oberschule mit dem Schwerpunkt gymnasiale Oberstufe.

Das Buch

Der zweite Weltkrieg ist vorüber. Eva, die Hauptperson des Briefromans »Heimgekehrt – Wäre er doch gefallen«, ist eine der Frauen, die ihrem aus dem Krieg heimgekehrten Ehemann nichts entgegenzusetzen hat. Überfordert durch seine Gewalt und Grausamkeit, vertraut sie sich lediglich ihrem Tagebuch an. Immer bemüht, vor ihren Kindern die Fassade der Normalität zu wahren, und das ungewöhnliche Verhalten des Vaters zu entschuldigen, schreibt sie in ihrem Tagebuch offen über den Ekel und die Angst, die sie empfindet. Unterbrochen werden diese Tagebucheinträge durch Briefe an ihre Freundin Lilli, in denen der Autor Evas ehemals glückliches Leben für den Leser Revue passieren lässt. Kaum merklich nähern sich dabei Evas Briefe zeitlich ihren Tagebucheinträgen gegen Ende des zweiten Weltkrieges an, um dann schließlich in einem tragischen Schlussakkord ineinander überzugehen.

10 + 1 Stories
Band 13
KILLROY *media*

Ein Briefroman
von Frank Salewski

Vorwort

Ein Koffer mit Briefen, ein Tagebuch und ein Haufen Erinnerungen; das war alles, was mir geblieben war. Vor zwanzig Jahren auf den Tag genau hatte mich mein Vorarbeiter ans Telefon gerufen:

»Es ist für dich, dein Vater.«

Ohne Vorwarnung war es passiert. Während ich noch darüber nachdachte, was wohl der Grund des Anrufes sein konnte, hörte ich wie nebenbei die Worte meines Vaters:

»Oma ist tot. Ich hole dich in zehn Minuten ab.«

Oma ist tot.

Die Worte klangen wie ein nicht enden wollendes Echo in meinem Kopf. Bis mein Bewusstsein rebellierte, den Kampf gegen diese drei kleinen Worte aufnahm. Absurd. Oma ist tot. Absolut absurd. Ich habe doch erst gestern mit ihr telefoniert, bin Freitag mit ihr verabredet, wir wollen zusammen einkaufen. Nichts konnte mich dazu zwingen, den Inhalt dieser Nachricht in den vom Verstand beherrschten Teil meines Gehirns weiterzuleiten. Oma ist tot. Ein schlechter Traum, gleich würde ich aufwachen.

»Frank?«

»Was?«

»Alles in Ordnung?«

»Meine Oma ist tot!«

Es war passiert. Die Wahrheit hatte einen Weg gefunden, das Gehirn hatte mich überlistet. Wie einfach diese Worte über meine Lippen gekommen waren, als hätte mich jemand nach der Uhrzeit gefragt. Wie verabscheuungswürdig und hinterhältig ist so ein Gehirn, mit einer rein mechanischen Antwort hatte es mich gezwungen, den Tod meiner Oma in der … in meiner realen Welt zu akzeptieren. Von mir selbst in Worte gefasst, wie sollte ich es jetzt noch leugnen?

Und doch hat mein kindliches Gemüt, mein durch Emotionen gesteuertes Denken lange nicht die notwendigen Schlüsse gezogen. Wie oft sprang ich auf, getrieben von dem Impuls, schnell noch bei Oma ein Stück Kuchen oder ein paar wunderbar knusprige Spiegeleier zu essen. Doch bevor der Gedanke in Sprache kundgetan oder gar durch eine Handlung umgesetzt wird, sind die Worte wieder da: Oma ist tot. Zerstört diese wunderbaren Momente der Leichtigkeit, der gefühlten Jugend aus einer Zeit, in der noch die Großen da waren, als man selbst nicht weiter auffiel, die wichtigen Entscheidungen von anderen getroffen wurden, und alles mit einem heißen Kakao und einem guten Essen wieder in Ordnung zu bringen war. In diesen Momenten trifft mich die Erkenntnis: Du bist jetzt einer der Großen, du bist für den heißen Kakao und für das Lösen von Problemen zuständig. Doch kann man lernen ein Großer zu sein? Wird man dazu geboren oder macht einen die eigene Lebensgeschichte zwangsläufig dazu oder eben nicht? Dabei hatte ich seit fast zwanzig Jahren den möglichen Schlüssel für die Lösung dieses Problems quasi in der Hand. Von einer Person, der ich mehr als allen anderen vertraute.

Keiner hatte beim Ausräumen der Wohnung Interesse an dem mit Oblaten beklebten Schuhkarton gehabt, nachdem klar war, daß keine Wertsachen darin enthalten waren.

»Sind bloß ein paar alte Briefe und Tagebücher.«

Doch bevor mein Onkel mit dem Karton wie mit den anderen ihm wertlos erscheinenden Gegenständen verfuhr, rief ich:

»Halt, nicht wegschmeißen, ich will sie haben!«

Schnell warf ich noch ein:

»Oder will jemand sie haben?«

Keiner wollte.

Zu Hause machte ich den ersten und bis heute einzigen Versuch, mich dem Inhalt zu nähern. Ich nahm willkürlich eines der Tagebücher, das aus einem schwarzen, schon brüchigen Schulheft bestand, aus dem Karton und schlug es auf.

»...und wie süß er ist, ich glaube, ich habe mich verliebt...«

Nie zuvor habe ich schneller ein Buch zugeklappt. Wir hatten sie doch gerade zu Grabe getragen und plötzlich schlug mir aus diesen wenigen Worten so viel Lebensfreude entgegen. Ich verbannte den Karton in einem alten Koffer aus meinen Gedanken. Zwanzig Jahre lang fristete dieser Koffer sein Dasein auf Dachböden, in Abseiten oder Schränken, eben jenen Plätzen an meinen jeweiligen Zufluchtsorten, bei denen am wenigsten zu erwarten war, daß ich zufällig darauf stieß. Vermutlich hatte mein immer noch kindlicher Egoismus die Vorstellung, daß auch meine Oma einmal jung gewesen ist, deren Interessen nicht einzig ihrem zukünftigen Enkel galten, bis heute nicht zugelassen.

Während ich das hier schreibe, kommt es mir wie eine auffällig konstruierte Passage aus einem Roman vor, daß ausgerechnet am zwanzigsten Todestag meiner Oma der Inhalt des Schuhkartons quasi endgültig ein Teil meines Lebens und Grundlage dieses Buches wurde. Schuld daran ist meine Frau, der alle Stehrumskis (Dinge, die die Welt nicht braucht) ebenso ein Dorn im Auge sind, wie Kartons mit Dingen, die ich bestimmt noch irgendwann gebraucht hätte. Kein Wort war deswegen über meine Lippen gekommen und ich hatte den Koffer bewusst bei jedem gemeinsamen Umzug von einer Abstellkammer auf den nächsten Dachboden gebracht. Wohl wissend damit einer Diskussion aus dem Weg zu gehen, warum ich den Haufen wertloser alter Papiere unbedingt behalten wollte.

»Das ist unglaublich!«

Mit diesen Worten begrüßte mich meine Frau inmitten von Heften und ausgelegten Briefen.

Ich war sprachlos, sie war bei einer ihrer Inspektionen vom Dachboden bis hinter die großen Holzbalken vorgedrungen und hatte den Koffer gefunden. Davon ausgehend, daß es sich um alte Schulsachen handelte, hatte sie nicht gezögert, den Koffer auszukippen und auszupacken. Was sie dabei entdeckte, stapelte sich jetzt bei uns auf dem Wohnzimmerfußboden. Fein säuberlich nach Briefen und Tagebüchern sortiert. Meine Frau hatte ganze Arbeit geleistet. Erstaunlicherweise kam es weder zu einer Diskussion, warum ich das alte Zeug aufbewahrt hatte, noch aus welchem Grund ich ihr diesen Koffer verschwiegen hatte. Das Einzige, was zunächst zu einer Diskussion führte, war die Idee meiner Frau, aus den Aufzeichnungen meiner Oma ein Buch zu machen. Was für eine sonderbare Idee.

Tagebucheintrag 25.6.1945

Heute war ein schrecklicher Tag! Er ist heimgekehrt. Wie lange hatte ich mich nach diesem Tag gesehnt, wie viele Träume an diesen Augenblick verschwendet. Immer das gleiche Bild vor Augen. Doch schon damals, Weihnachten 1941, war es nicht mehr als ein Trugbild. Groß, breitschultrig, gut aussehend hatte er vor mir gestanden bei seinem letzten Heimaturlaub. Unerschütterlich in seinem Glauben an den Sieg und an die gute Sache. Es war fast so, als hätte er sich die Euphorie aus der Anfangszeit bis zu diesem Tag bewahrt. Unerschütterlich sein Glaube an die Allmacht des Führers. Wie gern hätte ich mich mitreißen lassen, wäre wenigstens in diesen zwei Tagen noch einmal in die Unbeschwertheit des Jahres 1933 eingetaucht. Doch wie konnte ich das?

Zunächst waren es nur Gerüchte aus Hamburg gewesen. Hamburg. Hamburg war inzwischen so weit weg. Das Jahr, in dem ich mit Lilli in dem kleinen Raum hinter dem Schuhgeschäft gewohnt hatte, kam mir vor wie aus einem anderen Leben. Nichts war davon übrig geblieben, nichts, bis auf Lilli. Wo sie nur ist?

Brief von Lilli an Eva vom 20. Dezember 1941

Liebe Eva,

jetzt muß auch mein Hans-Georg nach Rußland.

Während seines Heimaturlaubs hat er in unserem Laden an Frau Rosenthal, Du weißt, unsere Nachbarn, denen die SS 1938 ihren Laden zerstört hat, Seife verkauft. Wer es auch immer gesehen hat, er hat nicht lange gewartet. Schon am nächsten Tag hatten wir Hans-Georgs Marschbefehl an die russische Front in der Post. Noch am gleichen Tag mußte er sich in Hamburg bei seiner neuen Einheit melden, aber nicht mehr als Unteroffizier, sondern als einfacher Soldat, als Schütze Marten. Beigefügt war seine Degradierung wegen unarischen Verhaltens. Mit der Anweisung, seine Rangabzeichen umgehend von seiner Uniform zu entfernen. Ich hatte mich so sehr auf Weihnachten mit Hans gefreut.

Für Euch ein schönes Weihnachtsfest. Ich hoffe, Du hast von Erich Besseres zu berichten.

Melde Dich doch bitte baldestmöglich
Es umarmt Dich
Deine Lilli

Fortsetzung Tagebucheintrag 25.6.1945

Die Gerüchte um die Juden waren wahr, ich wußte es längst, aber wie hätte ich jetzt noch länger daran zweifeln können. Trotzdem, ich konnte es ihm nicht sagen. Ihm diese zwei Tage verderben. Wenigstens ihm wollte ich die Illusion nicht zerstören. Vielleicht hatte ich damals schon das erste Mal Angst vor ihm. Hatte die Verrohung trotz all der Euphorie gespürt. Warum hätte ich ihn sonst angelogen, hätte ihm erzählt, das Mutterkreuz in Bronze für unsere vier Kinder sei noch nicht in der Post gewesen. In der Post, von wegen. Ortsgruppenführer Ranft ließ es sich bis zu seiner Einberufung nicht nehmen, die Ehrung offiziell in den Amtsgebäuden zu vollziehen. Schon vor einem Jahr hatte ich die erste Einladung bekommen. Seitdem waren noch vier weitere gefolgt. Immer endeten sie mit dem einen Satz: Ich solle stolz sein auf Führer und Vaterland.

Lilli hatte mir geraten, die Schreiben einfach zu ignorieren. Irgendwann würden sie es aufgeben. Ich hatte mich an ihren Rat gehalten, auch wenn Lilli nicht Gefahr lief, dem Amtsvorsteher ihres Bezirks beim Einkaufen über den Weg zu laufen. Hamburg und Quickborn, Großstadt und Kuhdorf, waren nicht gerade vergleichbar. Bisher hatte ich Glück gehabt, nur einmal hatte mich Emilie Graber, die etwa zur gleichen Zeit ihr viertes Kind bekommen hatte, angesprochen, ob ich auch zur Ehrung eingeladen sei. Kaum zu glauben, wie schnell das Interesse an mir verflogen war, als ich sie auf ihre Ehrung angesprochen hatte.

»Und, freuen Sie sich denn schon auf den Empfang?«

Es folgte ein Redeschwall, der nicht enden wollte:

»...mein Mann kann natürlich nicht teilnehmen,...tut seine Pflicht an der Front für Führer und Vaterland, aber er und die ganze Familie ist so stolz, was soll ich nur anziehen...«

Als sie auf die Größe des Führers zu sprechen kam, verabschiedete ich mich mit einem Glückwunsch. Ich ließ sie mit einem strahlenden Lächeln zurück. Mich hatte sie vergessen.

Nie zuvor hatte ich Erich angelogen, selbst das Verschweigen von Weihnachts- und Geburtstagsgeschenken war mir schwergefallen. Was für ein Glück es war, daß Ortsgruppenführer Ranft inzwischen auf dem Weg nach Rußland war. Er hätte es Erich sofort gesagt.

Erich anlügen, wie sollte das gehen, den Mann, der mir wegen seiner altmodischen Art und seiner Schüchternheit aufgefallen war.

Wie lange das her ist.

Brief von Eva an Lilli vom 8. März 1929

Liebste Lilli,

wie schade, daß wir nicht gemeinsam hier in Quickborn arbeiten können. Aber das Geschäft ist wirklich sehr klein. Oft bediene ich nicht im Geschäft, sondern muß in den umliegenden Dörfern reparierte Schuhe ausliefern oder Schuhe zur Anprobe bringen oder abholen. Frau Salbei, ist das nicht ein komischer Name?, die diesen Laden für Herrn Krause führt, wohnt wie wir in Hamburg, direkt hinter dem Laden in einem kleinen Zimmer. Sie ist sehr streng und zudem auch noch geizig. Nur um die Postgebühren zu sparen, muß ich oft stundenlang von einem Kunden zum nächsten laufen. Und fast jeden Abend muß ich bis 9 Uhr im Laden bleiben, um Rechnungen und Briefe zu schreiben. Sie sagt, das gehört mit zu meiner Lehre und ich müsse das in der Prüfung können. Nicht einmal sonnabends läßt sie mich früher gehen. Vater sagt, ich kann froh sein, daß ich so eine gute Stelle bekommen habe, und daß Herr Krause sehr bedacht gehandelt hat, mich von Hamburg wieder nach Quickborn zu holen, so sparen wir Kost und Logis, jetzt wo ich wieder zu Hause wohnen kann. Es ist komisch, sich wieder mit meiner Schwester ein Zimmer zu teilen. Du kannst Dir vorstellen, daß sie nicht begeistert davon war. Anna wollte auch erst gar nicht ihre Sachen vom Schrank in die Kommode räumen. Aber Vater hat gesagt, ich würde einen Beruf erlernen, in dem man etwas hermachen muß. Er hat Anna dann erklärt, als Verkäuferin sei es wichtig zu repräsentieren, und es ginge da nun einmal nicht, wenn Kleidung unansehnliche Falten hätte. Wenn auch sie einmal einem Beruf nachgeht, kauft er ihr auch bestimmt einen eigenen Kleiderschrank, hat er ihr versprochen. Vater ist immer so lieb. Mutter war erst gar nicht mit seiner Entscheidung einverstanden, sie wollte meine Kleidung unter der Treppe an Haken aufhängen. Mutter hätte auch nie erlaubt, daß ich morgen mit zum Feuerwehrfest gehe. Kannst Du Dir das vorstellen, Vater hat mich gefragt, ob ich mitgehen will. Was für eine Frage. Ich werde mein schönstes Kleid anziehen, das, was ich sonst nur in die Kirche anziehen darf. Vater hat es mir erlaubt. Ich bin schon jetzt so aufgeregt. Stell Dir vor, ich werde vielleicht das erste Mal mit einem Jungen tanzen. Weißt Du noch, wie wir immer unseren Tisch nach Feierabend zur Seite geräumt haben, um zu tanzen und wie wir einmal vergessen hatten, den Laden abzuschließen und plötzlich ein Kunde bei uns im Zimmer stand? Mir war das so unangenehm und Du? Du hast einfach gefragt:

»Womit kann ich dienlich sein?«

Ich freue mich so auf morgen!

Ich hoffe nur, daß Frau Salbei mich dafür früher gehen läßt. Vater hat mir schon letzte Woche einen Brief mitgegeben, mit der Bitte, mich an diesem speziellen Tag früher aus dem Dienst zu entlassen.

»Was will ein siebzehnjähriges Mädchen denn auf einem Fest?« war das einzige, was sie dazu gesagt hat. Ich hoffe aber trotzdem, daß sie mich gehen läßt, schließlich weiß sie davon, wie sehr Vater und Herr Krause auf freundschaftlichem Fuß miteinander stehen. So, jetzt muß ich aber ins Bett. Ich hoffe, es geht Dir gut! Schreib mir doch bitte, wie es bei Dir in Hamburg ist.

Liebste Grüße
Eva

Brief von Eva an Lilli vom 9. März 1929

Liebste Lilli!
Erst heute morgen habe ich den letzten Brief an Dich zur Post gebracht und schon wieder schreibe ich Dir, aber es gibt Neuigkeiten, die ich Dir sofort mitteilen muß.

Ich bin so aufgeregt, ich kann gar nicht schlafen. Also hab ich mich heimlich aus dem Zimmer geschlichen und sitze jetzt mit einer Kerze in der Küche. Ich hoffe nur, daß keiner aufwacht und mich dabei erwischt, denn was ich Dir jetzt schreibe, ist ein echtes Geheimnis! Ich habe mich nämlich verliebt!

Er heißt Erich, und er ist so süß. Er ist bestimmt schon über zwanzig. Mit breiten Schultern und groß ist er, bestimmt 1,80 m. Dabei ist er so schüchtern. Gleich als wir beim Fest angekommen sind, habe ich ihn bemerkt. Er war größer als alle anderen, mit blonden Haaren, und er hatte einen so schicken blauen Anzug an. Ich glaube, ich habe ihn ganz schön lange angestarrt, und als er das bemerkt hat, habe ich ganz schnell weggeschaut. Ich glaube, ich bin rot geworden. Zum Glück war es schon sehr voll. So haben sich Mutter und Vater nur darauf konzentriert niemanden anzustoßen, sonst hätte Mutter es bestimmt gemerkt. Es war so schön beim Fest zu sein zwischen all den Erwachsenen.

Ach ja, ich meine natürlich beim Feuerwehrfest. Ich hab Dir ja gerade erst davon geschrieben. Ich bin noch immer fürchterlich aufgeregt, aber ich werde versuchen, Dir, liebe Lilli, doch jetzt alles der Reihe nach zu berichten. Also, Frau Salbei hat mich tatsächlich schon um 6 Uhr gehen lassen, so konnten wir schon um 8 Uhr beim Fest sein. Ausnahmsweise hat Mutter heute abend das Bad vorbereitet und nicht erst morgen früh vor der Kirche. So konnte ich, als ich nach Hause kam, sofort in die Wanne steigen und hinterher hat Mutter mir dann auch noch die Haare hochgesteckt, ich kam mir wie eine richtige Dame vor.

Und dann beim Fest hat Vater trotz der Fülle noch einen freien Tisch nahe der Tanzfläche entdeckt. Vater ist natürlich gleich darauf zu. Fast hätten wir den Tisch dann aber nicht bekommen, denn um zu unserem Tisch zu gelangen, mußten wir am Tisch der Ranfts vorbei. Die reichen Bauern, von denen ich Dir geschrieben habe, die, die sich letztes Jahr ein neues Automobil gekauft haben. Und da konnten wir natürlich nicht so einfach vorbeigehen, weil Vater mit Herrn Ranft in geschäftlicher Verbindung steht. Und wenn Vater erst mal angefangen hat, sich mit jemandem zu unterhalten, vor allem mit welchen, die etwas hermachen, vergißt er alles um sich herum. Wie gut, daß Mutter sich nach einem »Guten Abend« getraut hat, Vater alleine stehen zu lassen. In solchen Momenten bin ich wirklich stolz auf Mutter, dann erinnert sie mich immer ein wenig an Dich. Du bist auch immer so mutig.

Auf jeden Fall hatten wir den Tisch, und Vater war Mutter auch nicht böse, als er kam, im Gegenteil, ich hatte das Gefühl, er war auch stolz auf sie. Dann hat er für uns alle ein Glas Sekt bestellt. Ein ganzes Glas für mich allein, stell Dir das mal vor.

Wir waren alle so gut gelaunt, und dann hat Vater Mutter zum Tanze gebeten.

Ich war ganz beschwingt von der Musik und freute mich auf den nächsten Tanz, denn den hatte Vater mir zugesagt, da stand er plötzlich neben mir. Ich bin nicht sicher, ob er nicht schon länger dort gestanden hat, bemerkt habe ich ihn erst, als er sich laut geräuspert hat. Und dann sah ich in sein Gesicht, knallrot war es. Und als er anfing zu reden, mußte ich fast lachen. Er hat gesprochen wie in den Romanen aus dem letzten Jahrhundert, die wir uns immer vorgelesen haben.

»Wertes Fräulein«, hat er gesagt, »würden Sie mir die Ehre erweisen, mir diesen Tanz zu schenken.«

Und dabei hat er auch noch gestottert. Ich glaube, da habe ich mich in ihn verliebt. So groß, so stark und so schüchtern.

Oh, ich habe gerade ein Geräusch gehört, nicht, daß man mich hier beim Schreiben erwischt. Nur noch das, er will mich demnächst, wenn er einen freien Tag bekommt, vom Laden abholen und nach Hause geleiten. Er hat wirklich »geleiten« gesagt.

Ich vermisse Dich

Eva

Liebeserklärung Erichs an Eva vom 30. Mai 1929

Liebstes hochwertgeschätztes Fräulein Eva!

Schon oft stand ich im Begriffe, Dir, meine liebe Eva, ein Geheimnis zu offenbaren, das ich längst sorgsam in meiner Brust behütete und das mich im tiefsten Herzen bewegt und beunruhigt; aber stets fehlte mir dazu der Mut, und jedesmal erstarb mir das Wort auf den Lippen, so oft ich in Deiner beglückenden Nähe war. Ich kann es aber nicht länger tragen, mein Herz bedrängt mich, es Dir zu offenbaren, und darum greife ich zagend und bangend zur Feder, um jenes Geheimnis dem Papier anzuvertrauen. Du ahnst vielleicht schon, liebste Eva, was ich sagen will, und ich wage es offen auszusprechen: Schon lange Zeit hat mir Deine liebe Gestalt, Dein mildes, gütiges Angesicht, Deine freundlichen Augen, der weiche Klang Deiner lieblichen Stimme, Dein sanftes, edles Wesen die Ruhe meines Herzens geraubt, mein ganzes Sinnen und Denken gefangen genommen und mich mit süßen beglückenden Träumen erfüllt, so daß in meinem Herzen nur noch ein Gedanke Raum hat, Dich meine teure Eva, voll und ganz zu besitzen, und ich es bekennen muß: »Ich liebe Dich, ja, liebste teure Eva, ich liebe Dich heiß und innig, treu und wahr.« Ich hoffe, Du bist nicht zu sehr über diese offenen Worte erschrocken.

Dein Erich

Fortsetzung Tagebucheintrag 25.6.1945

Erich ist wirklich zurück. Ich war völlig unvorbereitet. Ich kannte diese ausgemergelten Gestalten vom Bahnhof in ihren zerschlissenen alten Armeemänteln. Wie sie aus den Zügen stiegen. Manche schauten einen böse, ja sogar gewaltsam an, die meisten aber wirkten verängstigt, ja fast orientierungslos. Nie hätte ich einen von ihnen mit meinem Erich in Verbindung gebracht. Dem schönen Erich, wie Lilli ihn immer genannt hatte. Sie meinte es nicht böse, aber immer ein bißchen neckisch. Sie hatte nie verstanden, wie man sich in einen so altmodischen Mann, der, wie sie es immer nannte, die Weisheit auch nicht mit Löffeln gefressen hatte, verlieben konnte.

Brief von Lilli an Eva vom 10. Januar 1930

Liebe Eva,
vielen Dank für die schöne Silvesterfeier bei Euch zu Hause. Bestelle bitte auch Deinem Vater und Deiner Mutter meinen Dank und beste Grüße. Jetzt habe ich also Deinen Erich kennengelernt. Du hast recht, er ist ein stattlicher Mann. Man kann sehen, daß er schon seit früher Kindheit hart gearbeitet hat.

Damit, daß er wirklich altmodisch ist, hast Du allerdings auch recht. Es hat bestimmt zwei Stunden gedauert, bis er es geschafft hat, mich einfach mit Lilli und nicht mit »mein Fräulein« anzusprechen. Erst mußte ich auch fast darüber lachen, so wie Du es mir einmal beschrieben hast, doch mit der Zeit fand ich es lästig und ich bin dann, ich hoffe Du trägst mir das nicht nach, energisch geworden. Ich glaube, Erich war zwar überrascht, aber nicht böse. Man sagt ja, daß die Leute aus dem Mecklenburgischen ihrer Zeit immer mindestens 30 Jahre hinterher sind. Aber Erich ist doch jetzt schon seit seinem fünfzehnten Lebensjahr hier bei uns, und wenn er auch das ostpreußische Gejabbere fast ganz abgelegt hat, so müßte er langsam lernen, so zu sprechen, wie es sich für unsere Zeit gehört. Doch ich möchte nicht schlecht über Deinen Erich schreiben, es freut mich wirklich, wie glücklich Du bist, und daß Dein Vater nichts gegen Eure Verbindung einzuwenden hat. Du weißt ja, ich habe mich immer zu den Gebildeten hingezogen gefühlt, eben die, die schlauer sind als ich, von denen ich noch etwas lernen kann. Und natürlich mit denen man sich auch streiten kann. Vielleicht finde ja auch ich irgendwann einen Mann, der zu mir paßt.

Liebevolle Grüße sendet Dir

Lilli

Brief von Lilli an Eva vom 10. März 1930

Liebe Eva,

ich freue mich sehr für Dich, daß Erich durch Deinen Vater bei den Ranfts eine dauerhafte Anstellung bekommen hat. So ist er jetzt ständig in Deiner Nähe, und muß nicht je nach Erntezeit ständig den Hof wechseln. Und mit diesen guten Zukunftsaussichten, glaube ich, wird es auch nicht mehr lange dauern und Erich wird den nächsten Schritt wagen. Du wirst es nicht glauben, auch ich habe den nächsten Schritt gemacht. Ich bin gestern mit Hans-Georg ausgegangen. Ich konnte nicht anders, nachdem er jetzt innerhalb von drei Wochen das zweite Paar Schuhe bei mir gekauft hat und mir mitgeteilt hat, wenn ich nicht endlich mit ihm ausgehe, wird er so lange Schuhe bei mir kaufen, bis er bankrott ist. Er hat mich ins Kino eingeladen und schon in der Vorstellung hat er versucht, mich zu küssen. Das habe ich natürlich nicht zugelassen und auf dem Weg nach Hause haben wir uns darüber gestritten. Ich habe gesagt, daß dieses Verhalten nicht ehrbar sei. Ich habe ihm sogar von Erichs Liebesbrief an Dich erzählt, und daß er nach dem Brief noch über einen Monat gewartet hat, bis er Dich das erste Mal geküßt hat. Jetzt mußt Du, liebe Eva, bestimmt lachen, habe ich mich doch so arg über diesen Brief und den Schreibstil lustig gemacht. Habe ich nicht sogar gesagt, den Brief hat er bestimmt aus einem Musterbriefsteller des letzten Jahrhunderts abgeschrieben? Und gestern abend habe ich ihn als Beispiel ehrbaren Verhaltens angeführt. Lustig nicht? Aber beeindruckt hat das

Hans-Georg überhaupt nicht, er hat nur gemeint, daß ich wohl hinter dem Mond lebe, und daß er sich in mich verliebt habe, also warum dann warten? Da habe ich ihn dann geküßt, auf offener Straße, ich weiß, Du würdest jetzt sagen, das gehört sich nun wirklich nicht, aber ich konnte nicht anders. Es war wirklich schön. Am nächsten Sonnabend wollen wir wieder ausgehen. Ich bin nicht ganz sicher, aber ich glaube, ich habe mich ein wenig verliebt. Ich hoffe, es geht Dir und Deiner Familie gut.

Allerliebste Grüße
Deine Lilli

Fortsetzung Tagebucheintrag 25.6.1945

Lilli hatte recht gehabt wie mit so vielem. Später habe ich den Musterbriefsteller gefunden, aus dem er 1929 den Liebesbrief an mich abgeschrieben hat. Und er war wirklich aus dem letzten Jahrhundert. »Kleiner Musterbriefsteller von 1898«.

Aus dem gleichen Buch hat er dann ein Jahr später auch den Brief an meinen Vater mit der Bitte um meine Hand abgeschrieben. Mir war es in dem Augenblick egal und mir ist es auch heute noch egal. Ich habe Erichs Art des Umgangs geliebt, seine Kleidung, seine Sprache und sein gepflegtes Äußeres. Ich habe diesen Mann geliebt.

Und heute morgen stand er vor mir mit kahlem Kopf, sein Gesicht von kleinen Narben und Eiterpusteln übersät. Ich hatte keine Ahnung, wer diese ausgemergelte, stinkende Gestalt war. Der Mann, der da vor mir stand, hatte keine Schneidezähne mehr und er stank so sehr, ich konnte nicht anders als einen Schritt zurückzutreten, um mir nicht die Nase zuhalten zu müssen. Ist es da nicht verständlich, wenn ich ihm fast die Tür vor der Nase zugeschlagen hätte:

»Tut mir leid, wir können nichts geben, wir haben selber nichts.«

»Eva.«

Alles hatte sich verändert, aber der Klang seiner Stimme war geblieben. Dunkel, warm, wenn auch etwas brüchig. Was hatte ich getan, ich hatte ihn behandelt wie einen von jenen Kriegsflüchtlingen, die nicht das Glück hatten, in ein Zuhause zu einer Familie zurückkehren zu können. Einer von den vielen, die davon lebten, was sie sich an den Haustüren und auf der Straße erbettelten.

Ich habe mir angewöhnt, immer diesen gleichen Spruch zu sagen, denn was soll ich tun? Ich habe doch vier Kinder ohne einen Mann zu ernähren. Ohne einen Mann? Ob Erich überhaupt registriert hat, was ich vorhin zu ihm gesagt habe? Ich glaube, er hat es nicht verstanden, oh, wie sehr ich es hoffe. Jetzt schläft er. Er hatte nicht einmal mehr die Kraft sich zu waschen. Direkt in unseren Raum ist er gewankt, ohne ein Wort. Hat sich mit all seiner Kleidung auf das saubere Bett von Marie und unserer Hilde fallen lassen. Sofort eingeschlafen ist er. Jetzt schläft er schon seit drei Stunden. Wie froh ich bin, daß die Kinder wieder in die Schule gehen können und gerade nicht da sind. Aber was sage ich ihnen? Wie stolz sie auf ihren Vater waren, wie sie an seinen Lippen gehangen haben, wenn er ihnen von der Front erzählt hat. Sie werden ihn nicht erkennen. Ich hoffe, daß er noch schläft, wenn sie kommen. Ich werde sie vorbereiten, verhindern, daß sie Ekel für ihren Vater empfinden.

Brief von Eva an Lilli vom 9. April 1930

Meine allerliebste Lilli,

es ist kaum zu glauben, manchmal denke ich, Du bist wirklich eine Hellseherin! Erich hat es gewagt, er hat mich um meine Hand gebeten. Kannst Du Dir das vorstellen? Zwei Wochen nach Deinem Brief hat er mir einen Antrag gemacht. Erst hat er mich in das Lokal in Bönningstedt eingeladen. Dort durfte ich mir bestellen, was ich wollte. Ich habe mir eine Vorsuppe und eine Karbonade mit Kartoffeln und rotem Kohl bestellt. Die Nachspeise war eine Überraschung. Es gab eine Eistorte mit einer Kerze in der Mitte. Es war herrlich. Und auf dem Weg nach Hause haben wir noch einen Halt am Elsensee gemacht. Wir haben unsere Fahrräder an einen Baum gestellt und uns ans Ufer gesetzt. Einfach auf den See haben wir geschaut und plötzlich hat Erich meine Hand genommen und mich gefragt, ob ich ihm die Ehre erweisen würde, seine Frau zu werden. Nach all dem konnte ich natürlich nicht anders, ich habe ja gesagt. Es war ein so glücklicher Moment.

Mit Vater hat Erich inzwischen auch schon gesprochen. Doch Du wirst es schon erahnen, nicht ohne zuvor noch einen Brief an ihn geschrieben zu haben. Als Vater den Brief bekommen hat, wirkte er sonderbar besorgt, auch wenn er mir sofort versicherte, wie sehr er sich für mich freue. Und als Erich dann offiziell mit meinem Vater gesprochen hat, war auch alles gut. Vielleicht ist er ja wehmütig geworden, weil seine älteste Tochter bald das Haus verläßt. Ich selbst bin seitdem so aufgeregt wie nie. Es ist so viel zu bedenken, wenn man einen eigenen Hausstand gründet. Mutter ist mir in dieser Zeit eine große Hilfe. Vater hat sich bei Herrn Runge, dem Vermieter unseres Mietshauses, für uns verbürgt und wir bekommen die Wohnung der Müllers, wenn die im Oktober ausziehen. Zwei Zimmer und eine Küche haben wir dann. Du kennst die Wohnung, es ist die schräg unter der von Vater und Mutter im Parterre. Ich war erst besorgt, aber Erich sagt, wir können uns die Miete leisten. Erich hat mit Vater und dem Herrn Pastor auch schon einen Termin für unsere Hochzeit ausgemacht. Ich hätte ja gerne noch im Sommer geheiratet, aber Erich sagt, wir können erst heiraten, wenn wir auch eine eigene Wohnung haben. Jetzt heiraten wir am 25. November. Du bist die erste, die ich einlade. Natürlich bekommst Du auch noch eine offizielle Einladung. Wirst Du alleine anreisen oder bringst Du einen Tischherren mit? Wenn Du alleine kommst, setze ich Dich neben Erichs Vetter, der ist so alt wie Du und soll sehr nett sein.

Alle freuen sich mit mir, vor allem meine kleine Schwester ist ganz aus dem Häuschen. Sie läuft jetzt sehr oft hinter mir her und ruft:

»Eva heißt bald Kummer, Eva heißt bald Kummer.«

Sie findet Erichs Nachnamen sehr lustig. Nur bei Vater und Erich sehe ich manchmal ernste Gesichter, wenn sie zusammenstehen, aber das ist bestimmt nur, weil sie so viel zu bedenken haben.

In liebevoller Zuneigung,
Deine Eva

Brief von Eva an Lilli vom 17. Juni 1930

Liebste Lilli,
heute war für mich ein schrecklicher Tag, bestimmt der schlimmste meines Lebens. Ich weiß gar nicht, wie ich beginnen soll. Alles hat sich geändert. Du weißt ja, wie froh ich in der letzten Zeit war und wie un-

beschwert. Ich habe Dir ja schon im letzten Brief geschrieben, daß Vater und selbst Erich zeitweise besorgt wirkten.

Doch ich sorgte mich nicht, bis ich Erich fragte, wie es denn mit den Ämtern sei, wenn man heiraten wolle. Ich habe mich nicht darum gekümmert, da dies ohne Frage Männersache ist. Erich überraschte mich, denn er forderte mich auf, zu diesem Zwecke von Vater meine Geburtsurkunde einzufordern. Als ich ihn fragte, warum er nicht im Verbunde mit den anderen zu klärenden Angelegenheiten dies schon erledigt habe, wurde er fast abweisend. Diese Urkunde müsse ich alleine von meinem Vater einfordern. Also habe ich Vater darum gebeten. Darauf ist er sehr ernst geworden und hat Anna und sogar Mutter aus dem Zimmer gewiesen.

»Liebe Eva«, hat er begonnen und dann konnte er nicht mehr sprechen, er hat gehustet und er ist wirklich rot geworden. Er ist aufgestanden und hat aus dem Schlafzimmer eine Kassette geholt und hat sie geöffnet mit einem Schlüssel, den er an einer Kette immer zusammen mit seiner Uhr bei sich trägt. Und dann hat er meine Geburtsurkunde auf den Tisch gelegt. Ich wollte sie einfach nehmen und mich bedanken, denn die Situation war mir äußerst unangenehm.

»Schlag sie auf«, hat Vater dann nur gesagt.

Eva Maria Nagel, geboren am 12.01.1912 in Hamburg Eimsbüttel. Ich habe nichts verstanden, das war mein Geburtstag, aber warum stand dort nicht unser Name? Wieso stand dort nicht Lohmann? Ich wollte etwas sagen, Vater fragen, warum, da holte er aus der Kassette zwei schon gelbe Zeitungsseiten, auf denen jeweils eine Verkaufsanzeige mit Tinte umrandet war:

Anzeige vom 25.01.1912
Gesundes Mädchen von 2 Wochen zur Abholung
in Hamburg Eimsbüttel für 30 Mark zu verkaufen.
Anzeige vom 16.02.1912
Gesundes Mädchen von 5 Wochen zur Abholung
in Hamburg Eimsbüttel zu verschenken.

Ich verstand immer noch nicht, was Vater mir sagen wollte, warum er mir das alles zeigte, und dann fing Vater an zu erzählen. Er habe die erste Anzeige in der Zeitung gelesen und sie für einen Schabernack oder einen Fehler gehalten. Erst als er die zweite gelesen hatte, sei er mit der Anzeige zur Zeitung gefahren und hat dort die Adresse der Frau in Eimsbüttel bekommen. Ohne Mutter zu fragen, habe er dann diese Frau aufgesucht und mich mitgenommen. Seit diesem Tage sei ich seine älteste Tochter. Vater hat mich dann in den Arm genommen, und ich habe sehr geweint. Als ich mich beruhigt hatte, wollte ich noch etwas über meine Mutter wissen, aber Vater hat mir nur gesagt, sie sei eine zweifelhafte Frau. Eigentlich will ich jetzt auch gar nichts mehr von ihr wissen. Vater hat mir gesagt, er habe Erich am Tage des Antrages schon von meiner Herkunft unterrichtet. Und Erich bestehe darauf, sie zu besuchen und er will sie auch unbedingt zur Hochzeit einladen. Er ist in diesem Punkt unnachgiebig. Die Adresse hat er auch schon herausgefunden und einen brieflichen Kontakt zu ihr aufgenommen.

Sonntag in einer Woche besuchen wir sie. Schon jetzt kann ich kaum mehr eine Nacht richtig schlafen. Was soll ich sie fragen? Wie soll ich sie ansprechen?

Liebe Lilli, ich bin so durcheinander. Ich habe letzthin zweimal Schuhe falsch ausgeliefert. Frau Salbei war sehr böse. Ich mußte Entschuldigungsschreiben anfertigen und persönlich zu den Herrschaften bringen, die die falschen Schuhe bekommen haben.

Ich wünschte nur, die nächste Woche möge schnell vorüber sein.

Wenn Du doch hier bei mir sein könntest!

Ich vermisse Dich

Deine Eva

Fast hätte ich mich nicht getraut, Dich zu fragen, meinst Du, wir könnten Dich nachher noch bei Deiner Mutter besuchen? Ich habe gesehen, daß sie nicht sehr weit von Frau Nagel, anders kann ich sie noch nicht nennen, entfernt wohnt. Ob es Deiner Mutter recht wäre, wenn wir Deinen sonntäglichen Besuch bei ihr kurz unterbrechen würden? Ich würde Dich so gerne sehen.

Brief von Lilli an Eva vom 25. Juni 1930

Liebe Eva,

Du Arme, so viel Freude hatte ich mir für Dich gewünscht. Es ist wie ein Schmerz, den ich selbst fühle, wenn ich sehe, was Dir widerfahren ist. Wie kann eine Mutter so etwas tun? Wie ein Kind solch einer Prüfung unterziehen? Ich wage Dir zu schreiben, ich halte es für einen Fehler, so einen Menschen aufzusuchen. Mag es auch Gründe für eine junge Frau geben, ein Kind nicht behalten zu können, aber dafür gibt es Häuser, die unter staatlicher Begutachtung stehen. Nie ist es entschuldbar, ein Kind solch einer Gefahr auszusetzen, wie es diese Frau getan hat. Um so mehr ist Deinem Vater ein tiefer Dank auszusprechen und meiner ehrlichen Bewunderung ist er sicher. Bitte entschuldige noch einmal meine Ehrlichkeit und ich möchte auch nicht den Willen Deines zukünftigen Gemahls zu sehr in Zweifel ziehen, aber bitte wappne Dich, wenn Du diese Frau besuchst.

Was Deinen Besuch bei Mutter betrifft, liebe Eva, jetzt muß ich Dich schelten. Du weißt, wie sehr sich Mutter immer gefreut hat, wenn Du mich früher bei meinen sonntäglichen Besuchen begleitet hast. Sie schätzt Dich wirklich sehr. Ich habe ihr natürlich schon von Deiner Verlobung berichtet und ich glaube, sie würde sich auch sehr freuen, Deinen zukünftigen Mann kennenzulernen. Bitte versucht aber vor 7 Uhr abends bei meiner Mutter zu erscheinen, denn dann muß ich losfahren. Du weißt ja, Herr Krause sieht es nicht gern, wenn eines seiner Mädchen nach 9 Uhr noch auf der Straße ist. Und es wohnt immer noch die alte Frau Lemmermann über dem Laden, die Herrn Krause alles berichtet.

Ich hoffe, Dich am Sonntag zu sehen.

Es umarmt Dich

Deine Lilli

Brief von Eva an Lilli vom 30. Juni 1930

Liebste Lilli,

leider konnte ich Dich nicht am Sonntag besuchen. An der Zeit hat es aber nicht gelegen, denn Erich hat das alte Automobil der Ranfts für diese Fahrt geborgt bekommen. So wäre es uns möglich gewesen, zeitig genug bei

Deiner Mutter zu erscheinen. Erich hat es aber für unangemessen gehalten, eine ihm nicht bekannte Frau zu Hause zu besuchen. Vor allem dann, wenn ich nicht umhin käme, über die Familie betreffende Angelegenheiten zu sprechen. Ich hätte Dich so gerne gesehen, um Dir alles zu berichten. Aber so bleibt mir nur, Dir die Neuigkeiten in diesem Brief mitzuteilen. Ich war so aufgeregt. Ich konnte während der Fahrt kein Wort herausbringen. Das war vielleicht aber auch ganz gut so, denn Erich war sehr ernst. Fast verkniffen hat er dreingeschaut, immer nur auf die Straße. Nicht ein Mal hat er mich angesehen. Als wir angekommen sind, durfte ich nicht aussteigen. Das gehöre sich nicht, hat Erich gesagt. Eine Frau müsse warten, bis der Herr ihr die Türe des Wagenverschlages geöffnet habe. Als wir dann angekommen waren, mußten wir in einen Hinterhof gehen. Wir mußten erst einen jungen Mann fragen, bis wir den Weg gefunden haben. Nirgends waren hier Hausnummern angebracht. Der junge Mann hatte uns gesagt, wir müßten über eine Außentreppe in den ersten Stock gehen und dann an die erste Tür klopfen. Ich habe mich unwohl gefühlt, denn der Weg führte zwischen zwei Häusern durch. Es war sehr eng und trotz der Mittagsstunde konnte man kaum etwas sehen. Ohne Erich wäre ich hier nicht durchgegangen. Erst als wir auf dem Hinterhof angekommen sind, wurde es wieder etwas heller. Wir sind dann die Treppe rauf, die hat so geknarrt, ich habe wirklich geglaubt, wir würden gleich mit ihr zusammenbrechen. Erich hat dann geklopft, aber als von drinnen »Herein!« gerufen worden ist, hat er mich zuerst durch die Tür geschoben.

»Es ist deine Mutter«, hat er gesagt.

Dann habe ich sie gesehen. Frau Nagel ist eine unheimlich dicke Frau, die auf einem kaputten Sessel gesessen hat. Stell Dir vor, direkt neben dem Sessel auf einem Tischchen hat ihr Nachttopf gestanden, direkt neben ihr. Es hat auch ein wenig unangenehm gerochen. Als sie uns gesehen hat, lachte sie und hat gesagt:

»Du bist also die Eva, setzt euch doch aufs Bett.«

Ich habe mich dann aufs Bett gesetzt, Erich ist aber stehen geblieben. Dann haben nur noch Erich und sie geredet. Erich hat gesagt, sie als wirkliche Mutter müsse natürlich an unserer Vermählung teilnehmen. Die Frau hat dann gesagt, wie gerne sie kommen würde, aber es ginge nicht, weil sie nichts zum Anziehen hätte und sie sich die Fahrt leider nicht leisten könne. Erich hat ihr dann sehr viel Geld gegeben, so viel wie er in zwei Wochen verdient. Als wir gegangen sind, mußte ich noch zu ihr gehen, sie wollte meine Adresse haben, es sei noch so lange bis zur Hochzeit und sie wolle ihrer Tochter vorher noch schreiben. Zum Abschied hat sie meine Hand genommen und mich zu sich heruntergezogen, um mir auf die Wange zu küssen. Es war mir wirklich unangenehm. Auf der Rückfahrt war Erich dann guter Dinge. Er war zwar nicht einverstanden, Dich zu besuchen, aber er redete sehr viel mit mir. Wie gut es gegangen sei und was für eine vernünftige Frau meine Mutter sei. Mutter. Ich habe gedacht, sie ist nicht meine Mutter, aber das habe ich nicht gesagt. Ich wollte Erich nicht seine gute Laune verderben.

Vater habe ich davon erzählt und ihm gesagt, er sei mein Vater und Mutter meine Mutter. Er hat mich nur in den Arm genommen und »Ich weiß« gesagt.

Ich habe mir vorgenommen, nicht mehr daran zu denken und mich wieder auf die Hochzeit zu freuen. Es gibt ja auch noch so viel vorzubereiten.

Ich freue mich, Dich dann endlich wieder zu sehen.

In liebevoller Verbundenheit

Deine Eva

Brief von Frau Nagel an Eva vom 17. Juli 1930

Meine liebe Tochter,

es war rührend, Dich und Deinen Gatten zu sehen.

Ich habe mich gefreut, bist ein hübsches Mädchen. Siehst fast so aus wie ich in Deinem Alter. Dein Gatte ist ja auch recht beachtlich, hätte mir als junges Mädchen auch gefallen. Das Geld ist leider schon alle, ist alles für ein Kleid draufgegangen. Also für Schuhe und die Fahrkarten bräuchte ich noch einmal Geld. Vielleicht das Gleiche noch einmal. Kann ja nicht alles selbst bezahlen. Schick mir doch bitte das Geld, dann kann ich auch zur Hochzeit meiner Tochter kommen.

Deine liebe Mutti

Nagel

Brief von Eva an Lilli vom 20. Juli 1930

Liebste Lilli,

gestern habe ich mich das erste Mal mit Erich gestritten. Es ging um meine... um Frau Nagel. Stell Dir vor, die hat in einem Brief noch einmal Geld von mir verlangt, damit sie auf die Hochzeit kommt. Ich bin dann mit dem Brief gleich zu Erich und der wollte ihr das Geld wirklich schicken. Aber das wollte ich nicht mehr, ich habe gesagt, auf meine Hochzeit komme sie nicht. Erich hat immer wieder gesagt, eine Mutter müsse auf die Hochzeit ihrer Tochter und das gehöre sich so und Blut sei dicker als Wasser. Ich war ganz verzweifelt, er wollte aber nicht auf mich hören. Da bin ich zu Vater gegangen. Der hat zwar gesagt, ich müsse solche Sachen jetzt alleine mit Erich klären, aber geredet hat er dann doch mit ihm. Erich ist dann zu mir gekommen und hat gesagt, er sei damit einverstanden, wenn sie nicht käme, ich mußte ihm aber versprechen, mit ihr in Korrespondenz zu treten. Er hat wirklich dieses Wort gesagt. Ich habe es versprochen, aber ich glaube, wenn ich Frau Nagel kein Geld schicke, wird sie auch hoffentlich nicht mehr antworten. Jetzt ist Erich noch immer etwas verstimmt, ich glaube, weil ich mit Vater gesprochen habe. Gesagt hat er es aber nicht. Bis zur Hochzeit wird schon wieder alles gut sein.

Ich bin so froh. Diese Frau kommt nicht zu meiner Hochzeit. Was nur schade ist, Du hast diese unheimlich dicke Frau nicht gesehen, wir hätten so schön über sie lachen können. Gut nur, daß Erich diese Zeilen nicht liest.

Ich bin glücklich, bald können wir uns wieder in die Arme schließen.

Deine Eva

Brief von Lilli an Eva vom 12. Januar 1931

Liebe Eva,

kaum bist Du verheiratet, gibt es Neuigkeiten: Hans-Georg und ich wir werden auch heiraten. Ich glaube, ich werde wohl keinen Zweiten finden, mit dem ich so schön streiten und mich wieder versöhnen kann. Da habe ich ihn einfach gefragt, wann wir denn mal heiraten? Und weißt Du, er war gar nicht erschrocken, sondern hat gesagt, wir heiraten im April. Da habe ich ihn aber angeschaut und war fast ein wenig erschrocken, so schnell, hab ich bei mir gedacht. Gesagt habe ich aber nichts. Du kennst mich ja, und jetzt heiraten wir im April. Nächste Woche sprechen wir mit dem Pastor, wann er im April noch einen Termin frei hat. Ich gebe Dir dann natürlich sofort Bescheid. Ich hoffe es geht Dir gut.

Eine liebevolle Umarmung von Deiner etwas aufgeregten
Lilli

Brief von Eva an Lilli vom 16. Januar 1931

Liebste Lilli,
wie sehr ich mich über Deinen Brief gefreut habe. Jetzt heiratest Du auch. Ich glaube, ich bin aufgeregter als Du. Ehrlich, liebe Lilli, wie konntest Du Hans-Georg einfach fragen? Erich wäre tief beleidigt gewesen und hätte sich bestimmt von mir abgewandt. Aber so bist Du eben. Geschieht Dir aber ganz recht, daß Hans-Georg sich nicht von Dir ins Bockshorn hat jagen lassen. Du hast recht, er ist bestimmt der Richtige für Dich. Ich freue mich so für Dich.

In freudiger Erwartung auf Deine Hochzeit
Deine Eva

Brief von Eva an Lilli vom 10. Juni 1931

Liebste Lilli,
leider haben wir uns seit Deiner Hochzeit mit Hans-Georg nicht mehr gesehen. Das ist jetzt schon zwei Monate her. Seitdem ist viel geschehen. Stell Dir vor, ich bin im vierten Monat schwanger. Deswegen habe ich bei Eurer Hochzeit nichts getrunken. Und es ist gar nicht, wie man sagt, mir war bisher noch kein einziges Mal übel. Im Gegenteil, ich fühl mich, entschuldige den Ausdruck, pudelwohl! Nur, daß man immer Hunger hat, damit haben die Leute recht. Jetzt, wo der dritte Monat vorbei ist, traue ich mich auch, es den Nachbarn zu sagen. Die haben mich immer geneckt, wann denn endlich kleine Babyfüßchen durch die Wohnung tappen. Mich hat das nicht so sehr gestört, aber Erich wurde manchmal fast böse, wenn ich ihm davon erzählt habe.

»Die sollen sich um ihre eigenen Angelegenheiten kümmern«, hat er gesagt. Ja, und nachdem ich schwanger war, wollte er es dann sofort den Nachbarn erzählen, aber ich habe das nicht zugelassen. In den ersten drei Monaten kann doch so viel schiefgehen. Jetzt, nachdem ich endlich im vierten Monat bin, nutzt Erich jede Gelegenheit, Nachbarn und Freunden die freudige Botschaft mitzuteilen. Er hat sich sogar von den Schmidts von gegenüber Zucker geliehen, obwohl wir genug im Haus hatten, nur, um auch sie einzuweihen.

Oft bringt Erich von den Ranfts einen zusätzlichen Liter Milch mit.

»Nur für meinen Stammhalter«, sagt er dann immer. Er scheint ganz sicher zu sein, wir bekommen einen kleinen Jungen. Ich mache mir darüber keine Gedanken. Ich hoffe nur, daß wir ein gesundes Kind bekommen und, das schreibe ich nur Dir, ich habe etwas Angst vor der Geburt. Ich weiß natürlich, daß Mutter immer sagt, so eine Geburt ist kein Problem, und auch der Arzt sagt, ich sei kerngesund und zusätzlich habe ich ein breites Becken. Aber trotzdem.

Findest Du mich albern, wie früher, wenn Du mich ausgelacht hast, wenn ich immer Angst hatte, Herr Krause könnte in den Laden kommen und uns beim Schwätzen erwischen? Na ja, ich glaube, ich kann eben nicht aus meiner Haut. Sag mal, wie gefällt Dir eigentlich das Eheleben? Ist bei Euch auch schon etwas unterwegs?

Geht es Hans-Georg gut und hat er die Stellung als Prokurist bei seiner Firma bekommen?

So, jetzt muß ich Schluß machen, ich muß noch zu den Ranfts, die haben erlaubt, daß ich heute auf einem abgeernteten Feld noch einen Sack Kartoffeln auskriegen darf. Heute abend mache ich dann für Erich Pellkartoffeln mit Leinöl. Er liebt es, wenn man bei den frischgeernteten Kartoffeln die Schale mitessen kann. Wenn ich jetzt loslaufe, schaffe ich es gerade noch, Erich rechtzeitig sein Badewasser fertig zu machen, bevor er nach Hause kommt. Er sagt immer, ein tägliches Bad ist die einzige Annehmlichkeit, die ihm wirklich wichtig ist. Täglich baden, ich sag es ja nur Dir, aber ein wenig eitel ist Erich schon.

Ich vermisse Dich, schreib mir doch recht bald.

Deine Eva

Brief von Lilli an Eva vom 27. Juni 1931

Liebe Eva,

ich habe mich sehr gefreut, von Dir zu hören. Schön, daß es Euch so gut geht. Deine Schwangerschaft ist wirklich eine freudige Überraschung. Jetzt kommt viel Verantwortung auf Dich zu.

Liebste Eva, ob ich Dich albern finde? Ja, aber nur, wenn Du wirklich denkst, ich könnte für Deine Angst vor der Geburt kein Verständnis haben. Natürlich ist eine Geburt auch heute noch ein wenig gefährlich, und daß kaum eine Frau von den Schmerzen bei der Geburt spricht, heißt ja nicht, daß es keine gibt. Meine Mutter hat immer gesagt, besser man redet nicht darüber, sonst bekommt keine Frau mehr freiwillig ein Kind. Das soll Dich nicht entmutigen, im Gegenteil, Du weißt ja, ich finde es richtig, wenn man weiß, worauf man sich einläßt. Ich bin sicher, Du wirst das hinbekommen.

Ein wenig schmunzeln mußte ich schon, als ich gelesen habe, wie fest Erich sich darauf verläßt, daß ihr einen Jungen bekommt. Hoffentlich wird er nicht enttäuscht.

Ich kann Dir mitteilen, daß ich bisher nicht schwanger bin und wir versuchen auch alle Vorsichtsmaßnahmen zu treffen, daß das nicht geschieht. Ganz sicher, daß es funktioniert, kann man sich natürlich trotzdem nicht sein. Aber wir hoffen ein wenig auf unser Glück. Bisher hat mich - außer Großtante Frieda - noch keiner nach meinem Zustand gefragt. In der Stadt ist das aber auch anders; wir sehen unsere Nachbarn selten und wenn, bleibt es meist bei einem »Guten Tag«.

Hans-Georg bringt mir gerade das Schreiben auf einer Schreibmaschine bei, und wenn ich weiter solche Fortschritte mache, kann ich vielleicht schon in einem Monat als Schreibkraft in der Firma eines Geschäftsfreundes von Hans-Georg anfangen. Herr Krause muß sich dann jemand neuen für seinen Laden suchen. Vielleicht schaffe ich es sogar, wenn mein Hans mir noch ein wenig mehr Buchführung als das Führen der Rechnungsbücher von Herrn Krause beibringt, irgendwann noch Sekretärin zu werden. Jetzt, wo Hans Prokurist geworden ist und wenn auch ich eine besser bezahlte Stellung bekomme, können wir vielleicht schon in drei Jahren unser eigenes kleines Geschäft aufmachen. Du weißt ja, daß ich immer davon geträumt habe.

Hans und ich, wir verstehen uns gut, auch wenn wir uns natürlich immer noch häufig streiten. Aber Du kennst uns ja.

Alles Liebe

Deine Lilli

Postkarte von Erich an Lilli vom 20. November 1931

Liebe Familie Marten,

Eine Freudennachricht bringe ich Euch heute. Gestern abend um 10 Uhr bin ich glücklicher Vater einer kräftigen, gesunden Tochter geworden. Trotz des Ungestüms, mit dem der neue Erdenbürger uns alle zu seinen dienstbaren Geistern macht, empfinde ich ein namenloses Glück. Mutter und Kind befinden sich verhältnismäßig wohl.

Mit vollkommener Hochachtung

Erich Kummer

Brief von Eva an Lilli vom 25. November 1931

Liebste Lilli,

heute bin ich das erste Mal längere Zeit aufgestanden, und es ist mir ein echtes Bedürfnis, Dir zu schreiben. Ich bin so froh, daß Marie ein gesundes Kind ist. Sie ist wirklich süß, auch wenn ihr Kopf immer noch etwas eiförmig aussieht. Aber der Arzt sagt, das sei normal. Ich bin immer noch erschöpft, obwohl die Geburt nicht lange gedauert hat. Aber die Schmerzen waren wirklich fürchterlich. Ich glaube trotzdem, Deine Mutter hat unrecht. Vielleicht hat Deine Mutter es nur im Spaß so gesagt, denn dieses kleine Menschenkind ist jede Anstrengung wert.

Du hast Dich bestimmt über Erichs Postkarte gewundert, aber ich konnte ihn nicht daran hindern, auch an Euch eine Postkarte zu schreiben. Er sagt, das gehört sich so. Natürlich hat er wieder seinen Musterbriefsteller zu Rate gezogen. Schon Wochen vor der Geburt mußte ich auf Postkarten die Anschriften aller Familienangehörigen und Freunde schreiben. Selbst an Vater und Mutter hat er eine geschickt, obwohl wir ja im gleichen Hause wohnen. Aber so ist mein Erich eben, alles muß seine Ordnung haben. Ein wenig enttäuscht war er natürlich schon, als er gehört hat, wir haben ein Mädchen bekommen, aber nachdem die

Nachbarn ihn aufgemuntert haben, das nächste wird ja bestimmt ein Junge werden, ist er jetzt auch froh. Er nimmt sie sogar auf den Arm und läuft mit ihr durch die Wohnung. Nur wickeln will er sie nicht, er sagt das sei Frauensache. Und ich finde, da hat er auch recht. Schließlich arbeitet er den ganzen Tag, und ich bleibe zu Hause, um mich um Marie zu kümmern. Ich freue mich jetzt schon, wenn wir uns zur Taufe sehen. Du kommst doch? Ich habe schon mit Erich gesprochen, Du sollst die Patentante werden. Erst war er nicht einverstanden. Die Patenstellen sollten von jemandem aus der Familie vertreten werden, hat er gesagt. Aber als ich ihm erklärt habe, Du seist für mich wie eine Schwester, hat er zugestimmt. Der zweite Pate wird sein Onkel Max. Das war der, der uns auf der Hochzeit das Ständchen gebracht hat. Wir wollen morgen mit dem Herrn Pastor sprechen, wann es ihm in den nächsten Wochen möglich ist, unsere kleine Marie zu taufen.

Ich hoffe, Ihr seid wohlauf. Grüße auch Hans-Georg von mir.

In Hoffnung auf ein baldiges Wiedersehen

Deine Eva

Brief von Lilli an Eva vom 10. Januar 1933

Liebe Eva,

nun ist es erst etwas über ein Jahr her, daß ich Marie als Patentante über das Taufbecken gehalten habe, und jetzt wird in zwei Wochen schon Eure Hilde getauft. Ich bin so froh, daß Deine zweite Schwangerschaft und die Geburt noch besser verlaufen sind als die erste. Es ist zu bedanken, daß Du zwei Tage nach der Geburt den Haushalt und die Versorgung der Kinder schon wieder bewerkstelligen kannst. Daß Deine Mutter ausgerechnet in dieser Zeit krank darniederliegt, ist eine Schande. Wo sie Dir doch bei Marie so zur Seite gestanden hat. Alles erdenklich Gute wünsche ich ihr. Es ist wirklich anrührend, wie Dein Vater sich um Deine Mutter kümmert und trotzdem noch versucht, Dir eine Hilfe zu sein. Manchmal beneide ich Dich um ihn, Du weißt ja, mein Vater ist 1917 gefallen und ich habe so gut wie keine Erinnerung mehr an ihn.

Auch ich hätte Dir so gerne geholfen, aber da ich – wie Du weißt – gerade zur Sekretärin ernannt worden bin, bekomme ich keinen Urlaub.

Leider werden wir deswegen auch nicht zu Hildchens Taufe kommen können. Es wird jetzt von mir erwartet, daß ich jeden Samstag bis abends spät arbeite. Sogar die letzten drei Sonntage habe ich in der Fabrik verbracht. Herr Burmeister, der Besitzer des Geschäfts, hat gesagt, das sei wichtig für mein Fortkommen. Es ist wirklich sehr anstrengend. Aber ein Gutes hat es: Jetzt weiß Hans-Georg endlich wie es ist, am heiligen Sonntag alleine zu Hause zu sein. Ich habe Dir, glaube ich, mehr als einmal darüber geschrieben, wenn wir uns deswegen gestritten haben. Und letzten Sonntag hat Hans-Georg mich dann gefragt, wann ich endlich mal an einem Sonntag zu Hause sein werde. Erst haben wir uns wieder gestritten, aber dann mußten wir beide lachen und wir haben uns versöhnt.

Die folgenden Zeilen sind mir schwer gefallen, aber ich kann nicht umhin es zu schreiben. Es muß Dir sehr weh getan haben, als Dein Erich so gar keine Freude über Hildchens Geburt gezeigt hat. Du hast es nicht so klar aufgeschrieben, aber ich kenne Dich. Du kannst wohl glauben, ich wollte sofort losfahren und ihm die Meinung sagen. Aber glücklicherweise hat Hans mich zurückgehalten. Du weißt, er ist der Besonnenere von uns beiden. Er hat mir ins Gewissen geredet, wie schwierig auch für Erich die Situation ist. Natürlich habe ich ihm erst nicht zuhören wollen. Du kennst mich ja, wenn ich aufgebracht bin. Aber mit der Zeit habe ich doch die Wahrheit in seinen Worten erkannt. Er sagt, Erich ist altmodisch erzogen worden, eben in einer Tradition wie vor dem Krieg, und es gibt noch viele Menschen, die auch noch so denken, besonders auf dem Lande. Er mag damit ja recht haben, aber ich finde es trotzdem nicht richtig, auch wenn es – wie ich glaube – eben diese altmodische Art war, die Dich bewogen hat, ihn zu nehmen. Nimm es also nicht so schwer, inzwischen hat er ja auch Marie in sein Herz geschlossen.

Ich lege eine Banknote als Taufgeschenk bei, ich weiß, wie gut ihr es gebrauchen könnt. Ich weiß, wie stolz Erich ist, aber erkläre ihm doch einfach, daß wir so das Geld für das Porto des Geschenks sparen. Er wird es dann bestimmt einsehen. Er sagt doch immer, man soll nichts verschenken. Das kleine Amulett, das ich beilege, ist dann nur für Hildchen, dann hat sie mal etwas, wenn die Zeiten schlechter werden. Das kann ja schneller kommen als uns allen lieb ist.

Ich vermisse Dich und denke ganz viel an Dich!
Mit einer liebevollen Umarmung grüßt Dich
Deine Lilli

Tagebucheintrag 27.6.1945

Es ist jetzt zwanzig vor fünf, ich kann nicht mehr schlafen, so nutze ich die Zeit, bis ich Frühstück für die Kinder machen muß, zum Schreiben. Gestern ist die Begegnung zwischen den Kindern und Erich ganz gut gegangen. Ich habe die Kinder von der Schule abgeholt. Erich hat so tief geschlafen. Also habe ich mich dazu entschieden, ihn für kurze Zeit alleine zu lassen. Ich wußte erst gar nicht, was ich sagen sollte. Dann habe ich den Kindern einfach gesagt, daß ihr Vater aus dem Krieg zurückgekommen ist, er aber sehr krank sei. Ich habe sie darauf vorbereitet, daß sie ihn kaum erkennen werden, er aber bestimmt nach einiger Zeit wieder gesund wird. Die Kleinen haben mir das geglaubt, für sie war es wie ein Abenteuer, als sie ihren Vater auf dem Bett liegen gesehen haben. Bei Marie und Hilde bin ich mir nicht so sicher, ihnen sind die Tränen heruntergelaufen, und als Erich nicht einmal aufgewacht ist, als sie ihn leise angesprochen haben, habe ich die Kinder in die Küche geholt. Gestern habe ich es noch aufgeschoben, aber wenn die Mädchen aus der Schule kommen, muß ich es ihnen sagen. Es geht nicht anders. Ich muß ihnen erklären, warum sie für die nächste Zeit wieder mit mir in einem Bett schlafen müssen. Ich werde ihnen sagen, ihr Vater sei so krank, er braucht ein Bett alleine, um in Ruhe wieder gesund zu werden. Sie werden es einsehen. Sie sind so vernünftig. Die Wahrheit, daß ich nicht mit Erich in einem Bett schlafen will, kann ich ihnen nicht sagen. Wie könnte ich ihnen das antun? Ihnen sagen, ich ekle mich vor Eurem Vater.

Jetzt höre ich die Kinder.

Fortsetzung Tagebucheintrag 27.6.1945

Endlich schlafen die Kinder. Ich habe mich aus dem Zimmer geschlichen. Heute morgen wollte Erich immer noch nicht richtig wach werden. Ich hatte mir vorgenommen, ihm ein Bad zu bereiten, obwohl Mittwoch ist. Aber er hat mich kaum erkannt. Ich glaube, er wußte gar nicht, wo er ist. Erst wollte ich ihm nicht die Stirn fühlen, ich hatte Angst eines der Eitergeschwüre könnte aufgehen, aber dann habe ich es doch getan. Sie war sehr heiß. Und wie er dabei die Augen aufgemacht hat, habe ich bemerkt, wie glasig sein Blick war. Sofort habe ich Hildchen zum alten Herrn Doktor Schnell geschickt. Der ist schon über 80, aber weil sein Sohn, der junge Herr Doktor, im Lazarett der Engländer arbeiten muß, praktiziert er jetzt wieder. Am Nachmittag ist er dann gekommen. Erichs Zustand ist sehr bedenklich, hat er gesagt, er hat eine schwere Entzündung im Körper und viel zu wenig Gewicht. Der Gestank, sagt der Doktor, kommt von aufgeplatzten Geschwülsten und ich muß ihn unbedingt ausziehen und waschen. Die offenen Wunden soll ich dann mehrmals am Tag mit Kamille ausspülen. Das ist das einzige Medikament, das noch in großen Mengen zu bekommen ist. Ich weiß gar nicht, wie ich die Hilfe von Doktor Schnell wieder gutmachen soll. Er wollte keine Bezahlung und als er gegangen ist, hat er den Kindern eine halbe Tafel Schokolade geschenkt. Er hat gesagt, er habe noch mehr, sein Sohn, der bekomme Sonderrationen von den Engländern.

Heute abend habe ich mich daran gemacht, Erich zu waschen, die Kinder habe ich vorher nach draußen geschickt. Nach der ersten Überwindung ist es ganz gut gegangen, doch es ist fürchterlich, Erich so zu sehen. Früher hätte ich diesen großen Mann niemals von einer Seite auf die andere drehen können. Wie leicht es heute ging. Erich ist dabei nicht einmal richtig wach geworden, nur wenn ich die offenen Pusteln ausgewaschen habe, hat er gestöhnt. Ich habe aber das Gefühl, jetzt schläft er ruhiger.

Wo soll ich nur die kräftige Nahrung hernehmen, die der Herr Doktor ihm verschrieben hat. Ich habe doch nichts zum Tauschen. Unser Silber hatte ich im Hühnerstall der Ranfts vergraben, aber die sagen, die Engländer haben dort als erstes gesucht. Für die halbe Tafel Schokolade, die ich den Kindern wegnehmen mußte, bekomme ich nicht genug, um eine starke Brühe zu kochen. Höchstens ein paar Kartoffeln. Eins bleibt noch, das Amulett, das Hildchen 1933 von Lilli zur Taufe bekommen hat. So eine Kostbarkeit um den Hals einer Zwölfjährigen. Aus purem Gold ist es. Dann hat sie immer etwas in der Not, hat Lilli gesagt. An Not habe ich 1933 nicht gedacht, ich nicht.

Brief von Eva an Lilli vom 7. Februar 1933

Liebe Lilli,

Du hast es natürlich wieder einmal übertrieben, was für ein kostbares Geschenk hast Du unserem Hildchen gemacht. Ein Amulett aus purem Gold. Für schlechte Zeiten. Du bist wirklich unmöglich. Ich bin so froh, Dich als Tante meiner beiden Kinder zu haben. Ist es nicht ein wahres Glück, was um uns herum geschieht? Deutschland beginnt wieder etwas darzustellen. Herr Hitler macht wirklich etwas her. Erich und ich haben die Nachbarn eingeladen, als wir von der Ernennung von Herrn Hitler zum Reichskanzler gehört haben. Überall im Dorf wurde gefeiert und am Abend sind über hundert Männer singend und mit Fahnen durch das Dorf gezogen. Es war fast wie bei einem Dorffest. Inzwischen sprechen alle vom Führer, auch Erich nennt ihn nur noch so. Du hast mir ja des öfteren geschrieben, wie wenig Du und Hans-Georg den Herrn Hitler mögt, aber jetzt habt Ihr Eure Einstellung bestimmt geändert. Denn was kann falsch daran sein, wenn Deutschland nach den ständigen Zahlungen an Frankreich jetzt wieder zeigt, wir lassen uns nicht alles gefallen. Schließlich ist doch auch Dein Vater von den Franzmännern erschossen worden.

Was machen Eure Bemühungen ein eigenes Geschäft zu finden? Hat sich der Besitzer des Feinkostladens inzwischen entschieden, ob er an Euch verkaufen will? Ich bin wirklich sehr gespannt. Endlich könntest Du Deinen Traum erfüllen. Stell Dir vor, wenn Euer Laden erst läuft, kannst Du selber mal einen Lehrling einstellen. Ich wünsche Dir ganz viel Glück.

Allerliebste Grüße
Deine Eva

Brief von Lilli an Eva vom 11. Februar 1933

Liebste Eva,

ich kann Dir eine tolle Nachricht machen. Hans-Georg und ich sind jetzt bald Inhaber eines Feinkostgeschäfts. Herr Schumacher ist am letzten Sonnabend persönlich gekommen und hat uns die Zusage gemacht, wir können seinen Laden haben. Allerdings nicht ganz zu dem Preis, den

Hans-Georg und ich eingeplant hatten. Denn Herr Schumacher wollte den Laden nur an uns verkaufen, wenn wir auch die Außenstände des Geschäfts mit übernehmen würden. Hauptsächlich sind das offene Kundenrechnungen von bedeutenden Personen, wie Herr Schumacher sie nannte. Das sind Kunden, denen Herr Schumacher aufgrund ihres Namens oder ihres Reichtums einen Kredit eingeräumt hat. Er war dabei ganz ehrlich, das Geld von den wohlbetuchten Kunden zu bekommen, sei nur eine Frage der Zeit. Bei einigen, die nur einen guten Namen haben, wird es wohl Probleme geben.

Hans-Georg und ich haben das akzeptiert, auch wenn unser gespartes Geld nicht ganz ausreichen wird und wir jetzt doch noch etwas Geld von der Bank leihen müssen. Hans und ich sind uns einig, so lange bis wir keine Schulden mehr haben, werde ich weiter bei Herrn Burmeister als Sekretärin arbeiten. Wir werden uns dann nach Feierabend und an den Sonntagen, an denen ich nicht arbeiten muß, gemeinsam mit den Bestellungen und den Büchern beschäftigen. Auch das Auskehren und das Putzen des Ladens werden wir selber übernehmen. An den Tagen, an denen die Ware gekommen ist, hatte Herr Schumacher eine Frau Meier, eine nette alte Rentnerin - wie Herr Schumacher sagt - als Aushilfe im Laden. Wir wollen das auch weiter so halten. Denn sie wird Hans vor allem in der Anfangszeit bestimmt eine Hilfe sein. Den Umbau von einem Feinkostladen zu einem Lebensmittelgeschäft für jedermann mit Feinkostecke wollen wir langsam wagen. Immer Schritt für Schritt. Es ist wichtig, vor allem die alten Kunden dabei nicht zu verärgern und trotzdem neue Kunden zu gewinnen.

Die Wahl von Herrn Hitler zum Reichskanzler erfüllt mich und Hans-Georg wirklich mit großer Sorge. An dem Abend, an dem Ihr gefeiert habt, sind auch in Hamburg seine Anhänger durch die Straßen gezogen und haben Menschen, die nicht hinter ihnen stehen, verprügelt. Das ist hier nichts Neues; schon in den letzten Monaten haben Hitlers Anhänger politische Gegner angegriffen.

Was meinen Vater betrifft, so hat er vor seinem Tod bestimmt auch Franzosen erschossen, sonst hätte er wohl keinen Orden für Tapferkeit bekommen. Ich weiß nicht, wer schuld an dem Krieg war. Ich weiß nur, im Krieg bringen Menschen sich gegenseitig um, und das kann nicht richtig sein. Und wenn wir jetzt wieder einen Krieg bekommen, wird das das Verdienst des Herrn Hitler sein. Ich hoffe nur, es wird nicht so weit kommen.

Sei umarmt
Deine Lilli

Brief von Eva an Lilli vom 19. Februar 1933

Liebste Lilli,
ich möchte mich nicht mit Dir über Politik streiten. Ehrlich gesagt, verstehe ich auch gar nicht viel davon. Ich halte mich da lieber raus. Erich dagegen, der ist ganz begeistert. Er ist letzte Woche in die NSDAP eingetreten. Er wollte auch mich dazu bewegen, aber ich halte nichts davon, in einer Partei Mitglied zu werden. Vater sagt das auch, er sagt, man muß jetzt abwarten, wie das mit dem Herrn Hitler weitergeht. Ich glaube, wenn Vater das nicht gesagt hätte, würde Erich mich weiter bedrängen, in die Partei einzutreten. Was schön ist, sind die Kameradschaftsabende, die jetzt jeden zweiten Sonnabend abgehalten werden. Meistens in der Scheune von Bauer Ranft. Der ist auch ganz begeistert von der Sache. Mir ist es egal, warum wir uns treffen, aber so kommen wir mal raus und es gibt jedes Mal ein Getränk umsonst. Dann singen wir gemeinsam, was wirklich schön ist; es erinnert mich an die Abende, wenn Vater seine Ziehharmonika aus dem Schrank geholt hat und wir gemeinsam gesungen haben. Die Reden, die auch jedes Mal gehalten werden, interessieren mich nicht. Wir Frauen setzen uns dann immer in die hinterste Ecke und schwatzen. Manchmal bringen wir uns auch gegenseitig neue Strickmuster bei. Seit neuestem trägt Erich in seiner Freizeit eine Uniform von der Partei. Da er einer der ersten war, der hier nach der Wahl neu in die Partei eingetreten ist, hat er sie von Herrn Ranft bezahlt bekommen. Ich muß sagen, er sieht darin wirklich toll aus. Das mit Eurem Laden ist wirklich großartig, ich beneide Dich ein bißchen. Einen eigenen Laden! Meine Güte! Ich hoffe nur, die Arbeit und das Geschäft werden Dir nicht zuviel. Du hast ja schon vorher manches Mal geschrieben, wie anstrengend Deine Stellung ist. Aber Hans-Georg ist ja

auch noch da. Ich bin schon ganz aufgeregt. Erich hat mir versprochen, wir werden Euch besuchen, wenn erst alles richtig seinen Gang geht. Er bekommt dann bestimmt noch einmal den Wagen von Herrn Ranft. Ich bin so neugierig, Euer Geschäft einmal zu sehen.

Stell Dir vor, die kleine Anna hat sich verlobt. Meine kleine Schwester wird heiraten. Mutter geht es zwar leider immer schlechter, aber diese Nachricht hat ihr einen richtigen Schwung gegeben. Sie ist gerade dabei, mein Hochzeitskleid umzunähen. Anna wird dann nach ihr, meiner Großmutter und mir die vierte sein, die in diesem Kleid heiratet.

Jetzt muß ich Dir noch etwas Trauriges erzählen, Frau Nagel ist gestorben. Ich habe von ihrer Nachbarin einen Brief bekommen. Sie hat den Brief von Erich und meinen Brief, den ich nach der Hochzeit an sie geschrieben habe, gefunden. Sie schreibt, sie hat ganz friedlich in ihrem Bett gelegen. Sie scheint also friedlich eingeschlafen zu sein. Ich werde nicht zu ihrer Beerdigung gehen. Erich war damit nicht einverstanden, aber ich gehe trotzdem nicht. Darum hat Erich eine Traueranzeige in die Zeitung in Hamburg gesetzt. Es ist schon ein komisches Gefühl, ich weiß ehrlich gesagt nicht, ob ich wirklich traurig bin.

Nur leid tut sie mir, besonders, wenn ich meine Kleinen ansehe. Dieses unbeschreibliche Glücksgefühl, die eigenen Kinder heranwachsen zu sehen, hat sie nicht gehabt, obwohl sie doch die Möglichkeit gehabt hätte. Unsern schönen Frühling kann sie jetzt auch nicht mehr genießen. Ich hoffe, Ihr seid wohlauf und Du findest bald Zeit, mir zu schreiben.

Mit einer liebevollen Umarmung grüßt Dich
Deine Eva

Todesanzeige Clara Nagel

Am 15. Februar 1933 starb zu Hamburg Frau Clara Nagel,
im 57. Lebensjahr. Mit der Bitte um stille Anteilnahme.
Erich Kummer und Eva Kummer, geborene Nagel

Brief von Lilli an Eva vom 22. Februar 1933

Liebe Eva,

es ist natürlich traurig, daß Frau Nagel gestorben ist. Aber vielleicht ist es gut so für Dich. Dieses unerwünschte Kapitel kannst Du jetzt endgültig schließen.

Gestern war es so weit: Hans-Georg und ich waren beim Notar. Hans hat den Kaufvertrag unterschrieben. Ich habe mir für dieses Ereignis extra einen freien Tag genommen. Nach dem Offiziellen sind wir mit Herrn Schumacher zum Laden gefahren und er hat uns den Schlüssel für den Laden übergeben. Danach haben wir noch eine Flasche Sekt zu zwei Mark aus einem Regal genommen und zusammen angestoßen. Auf den Rat von Herrn Schumacher ändern wir den Namen des Geschäfts jetzt doch nicht. Wir behalten den Namen »Jakobus Feinkostgeschäft« bei. Herr Jakobus hat dieses Geschäft vor über 50 Jahren gegründet. Für die Kundschaft sei Tradition wichtig, sagt Herr Schumacher, deswegen habe auch er seinen Namen nicht über dem Geschäft angebracht. Ich finde es etwas schade, aber so können wir wenigstens das Geld für ein neues Schild sparen. Ab jetzt könnt ihr uns jeden Sonntag besuchen kommen, denn ich glaube, wir werden immer viel zu tun haben, und ich freue mich natürlich sehr darauf, Dich im Laden herumzuführen. Wenn es geht, rufe doch bitte vorher von einem Fernsprecher bei mir im Geschäft an. Die Nummer hast Du ja. Wenn ich sage, es tut mir leid, Sie sind mit dem falschen Gesprächspartner verbunden, weißt Du, Herr Burmeister ist im Raum. Versuche es doch dann bitte später noch einmal.

Liebe Eva, ich freue mich sehr darüber, daß Du nicht wie so viele einfach in die NSDAP eingetreten bist. Bei dieser Partei ist wirklich Vorsicht geboten. Überall hört man die Geschichten von entlassenen Beamten, die nicht hinter der Idee dieses Herrn Hitler stehen. Besonders soll es die Juden unter ihnen treffen. Aber über die hat Herr Hitler ja auch schon im Wahlkampf gewettert. Hans-Georg ist der Meinung, es wird noch schlimmer kommen. Ich aber hoffe auf die Vernunft der Menschen. Es wird sich schon alles wieder beruhigen, wenn erst der Alltag wieder einkehrt, so wie das bei Euch wohl bereits geschehen ist. Schon wieder eine

Trauung im Hause Lohmann. Was für eine Überraschung. Es freut mich sehr, wenn ich höre, Deine Mutter sei durch die bevorstehende Hochzeit von ihren Leiden abgelenkt. Oft ist Beschäftigung die beste Medizin. Vielleicht wirst Du ja auch bald Tante, dann haben Deine beiden bald jemanden zum Spielen. Morgen wird ein aufregender Tag, da kommen die ehemaligen Mitarbeiter und alte Geschäftsfreunde von Hans in unseren Laden. Ich habe bis jetzt kalte Platten dafür vorbereitet. Ich werde aber nicht dabei sein können. Herr Burmeister sagt, er könne mir nicht noch einen Tag freigeben, obwohl er doch selbst auch eingeladen ist. Ich bin wirklich froh, wenn wir unsere Schulden bezahlt haben und ich nicht mehr ins Kontor gehen muß. Wenn wir uns bescheiden und der Laden so weiter läuft, wie es in den Büchern für die letzten Monate festgehalten ist, kann ich in einem Jahr meine Stellung aufgeben. So, jetzt muß ich aber wirklich schlafen gehen, Hans-Georg ruht bereits seit über einer Stunde.

Alles Liebe für Dich
Deine Lilli

Tagebucheintrag 28.6.1945

Ich fühle mich fürchterlich. Gleich, wenn die Kinder aufwachen, muß ich mit Hildchen sprechen. Gestern habe ich es noch aufgeschoben, in der Hoffnung, es würde irgendein Wunder geschehen. Aber es ist keines geschehen. Leider habe ich auch für die Schokolade nicht so viele Kartoffeln bekommen, wie ich gehofft hatte. Ich werde ihr sagen, ich brauche ihr Patengeschenk, um für ihren Vater ein anständiges Essen herrichten zu können. Ich hoffe so sehr, dieses Opfer ist nicht umsonst. Gestern war der Herr Doktor noch einmal da, um nach Erich zu sehen. Er hat fast unmerklich mit dem Kopf geschüttelt, als er ihn untersucht hat. Aber ich habe es bemerkt. Als er sich dann zu mir umgedreht hat, habe ich gleich gesehen, wie besorgt er dreingeschaut hat. Ich glaube, er hat nicht viel Hoffnung. Ich will sie aber noch nicht aufgeben. Gleich heute morgen werde ich mit dem Anhänger auf den verbotenen Markt gehen.

Fortsetzung Tagebucheintrag 28.6.1945

Heute ist das kleine Wunder geschehen, auf das ich so gehofft hatte. Hildchen hat gesagt, sie sei gar nicht traurig, die Gesundung von Papa sei viel wichtiger. Ich bin wirklich stolz auf sie. Gleich als die Kinder in der Schule waren, bin ich zum Markt aufgebrochen. Es ist wirklich unglaublich, was es hier alles gibt, wo die Geschäfte doch so leer sind.

So bin ich gleich zum ersten Stand, an dem eine Frau zwei Hühner und ein Stück Fleisch auf einem Pappkarton liegen hatte. Ich war schon fast mit ihr einig, ich sollte ein halbes Hühnchen und ein Stück von dem Fleisch für den Anhänger bekommen. Wir waren gerade dabei, uns darauf zu einigen, wo sie das Messer bei dem Stück Fleisch ansetzt, wie mich eine Hand nach hinten zieht. Ich habe so einen Schrecken bekommen! Natürlich habe ich geglaubt, einer von der englischen Polizei würde mich jetzt mitnehmen. Aber es war der Sohn von Bauer Ranft, der noch 1934 von seinem Vater nach England geschickt worden war.

»Sind sie nicht Frau Kummer, die Frau von Erich Kummer«, hat er mich gefragt. Natürlich hatte er mich erkannt, so lange waren die ersten Kameradschaftsabende auf dem Hof seines Vaters ja noch nicht her. Und er war damals schon erwachsen gewesen. Ohne meine Einwilligung hat er dann der Frau mit den Hühnern gesagt, es werde leider doch nichts aus dem Geschäft. Und dann hat er mich mit auf seinen Hof genommen. Dort hat er mir für den Anhänger ein ganzes Huhn und dazu noch ein gutes Stück gepökelten Schweinebauch und allerlei Gemüse in die Hand gedrückt. Er hat mir versprochen, wenn die Zeiten wieder besser seien und er bis dahin nicht gezwungen werde, das Schmuckstück zu veräußern, könnte ich es zurückkaufen. Ich war so frohen Mutes, als ich nach Hause kam. Ich wollte gleich daran gehen, eine Suppe für Erich zu bereiten, aber leider hatte er es nicht geschafft, den bereitgestellten Eimer zu benutzen. So hatte ich zunächst damit zu tun, Erichs Bett wieder herzurichten. Wie gut es ist, daß wir zu unserer Vermählung so viel Bettzeug bekommen haben.

Obwohl ich fast den ganzen Tag das Fenster geöffnet halte, ist jetzt immer ein durchdringender Geruch selbst in der Küche. Was für ein Glück, daß gerade Sommer ist. Wie könnte ich sonst ohne Brennstoff gegen ein geöffnetes Fenster anheizen. Aber zum Glück ist bis zum Winter noch eine Zeit und bis dahin wird es bestimmt besser.

Es ist mir geglückt, Erich einen halben Teller Brühe einzuflößen. Ich glaube, es hat ihm gut getan, auch wenn er noch immer nicht mit uns spricht. Er fühlt sich auch nicht mehr ganz so heiß an.

Langsam merke ich auch den Kleinen die Belastung an. Sie wollen tagsüber nicht mehr in unseren gemeinsamen Raum. Entweder sie sind in der Küche oder spielen auf der Straße. Bei der Großen mache ich mir andere Sorgen, auch wenn die Engländer keinen engen Kontakt zu uns haben dürfen, ist Marie heute schon wieder mit einem Kaugummi im Mund nach Hause gekommen. Als ich sie danach gefragt habe, hat sie mir versichert, es seien alle Mädchen aus ihrer Klasse zusammen nach der Schule ein paar englischen Soldaten begegnet. Die hätten lediglich versucht, mit ihnen zu reden. Jetzt, da eins ihrer Schulfächer Englisch sei, haben einige von den Mädchen ein paar englische Sätze ausprobiert. Sie habe aber nicht dazugehört. Zum Abschied gaben die Engländer allen einen Streifen Kaugummi. Ich mache mir trotzdem Sorgen. Marie ist ein hübsches Mädchen und auch bei den Soldaten sind viele noch sehr jung und Marie sieht für ihre fast vierzehn Jahre schon sehr erwachsen aus.

Bei Hilde mache ich mir keine Sorgen, die ist ein rechter Bücherwurm, sie bekommt vom alten Brabant, der war schon mein Lehrer, immer neue Bücher ausgeliehen. Sie liest wirklich schwierige Bücher von Goethe, Schiller, und selbst zwei Bücher von dem berühmten Engländer, der alles in Reimen geschrieben hat, hat sie schon gelesen. Auch wäre sie den Jungen viel zu streitlustig, sie läßt sich von niemandem etwas gefallen. Fast erinnert sie mich da an Lilli.

Brief von Eva an Lilli vom 28. Februar 1933

Liebste Lilli,

es tut mir so schrecklich leid, was am Sonntag geschehen ist. Dabei hat alles so harmonisch begonnen. Wie sehr habe ich die Fahrt zu Euch nach Hamburg im Automobil genossen. Das Wetter war so wunderbar. Die ganze Fahrt konnte ich das Fenster heruntergekurbelt lassen. Und es war so ein kribbelndes Gefühl, den Arm in den Fahrtwind zu halten. Auch

Erich war guter Dinge. Ich mußte ihn nicht einmal lange überreden, einen privaten Anzug und nicht seine Parteiuniform zu tragen. Sogar gesungen haben wir zusammen. Es war so viel schöner als die letzte Fahrt mit Erich nach Hamburg. Und dann Euer Laden! So viel größer und schöner, als ich mir das vorgestellt hatte. Ich war so stolz auf Dich. Und auch Erich und Hans-Georg schienen sich so gut zu verstehen. Hätte doch Erich bloß das Schild an der Ecke übersehen. Blumen von Friedhelm Rosenthal. Wie es dann weiterging, weiß ich nicht mehr genau. Nur noch, daß Erich gesagt hat, die werden nicht mehr lange deutschen Boden beschmutzen, und Hans-Georg hat gesagt, sie seien Menschen wie wir alle, und Herr Rosenthal sei ihm einer der angenehmsten Nachbarn. Dann gab es ein großes Hin und Her zwischen Dir, Hans-Georg und meinem Erich und plötzlich habe ich mich im Automobil wiedergefunden auf der Heimreise mit einem sehr wütenden Erich. Er hat die ganze Fahrt geschimpft:

»Die werden sich noch wundern, die sollen lieber aufpassen!«

Er würde ja nichts sagen, mir zuliebe aber..., und was Du Dir als Frau herausnimmst, Dich in politische Gespräche von Männern einzumischen. Das ging die ganze Rückfahrt so. Ich habe mich nicht getraut, etwas zu sagen, Erich war so wütend. Als wir zu Hause waren, hat er sich nur noch seine Uniform angezogen und ist zu seinen Kameraden gegangen. Als er spät nach Hause kam, hatte er sich wieder beruhigt und hat über das Geschehene nicht mehr gesprochen. Aber gestern abend hat er noch einmal damit angefangen. Er hat gesagt, er würde Euch nie mehr besuchen und auch Euer Besuch in seiner Wohnung sei von nun an unerwünscht. Als er mir verbieten wollte, Dir zu schreiben, haben wir uns gestritten. Das könne er mir nicht verbieten, habe ich gesagt. Da ist Erich sehr laut geworden. Marie ist aufgestanden und hat geweint. Da ist er ruhiger geworden und hat sie ins Bett zurückgebracht. Wir haben kein Wort mehr miteinander gesprochen und ich habe mich in den Schlaf geweint. Heute morgen beim Frühstück hat er sich dann entschuldigt und gesagt, ich dürfe Dir weiter schreiben, aber ich solle keine politischen Sachen schreiben, man weiß nie, wer die Briefe liest und das könnte gefährlich werden. Wie er zur Arbeit gegangen ist, haben wir uns geküßt. Bei uns ist jetzt alles wieder gut, aber ich bin so traurig. Ich werde Dir natürlich immer schreiben, aber wie soll ein Wiedersehen stattfinden?

Es tut mir alles so leid.

Es umarmt Dich
Deine betrübte Eva

Brief von Lilli an Eva vom 3. März 1933

Liebste Eva,
natürlich bedaure auch ich, was geschehen ist, zutiefst, doch vermutlich mußte es so kommen. Natürlich ist Hans-Georg an der Sache auch nicht ganz unschuldig. Er hätte die Bemerkung von Erich ja auch einfach überhören können. Aber seit dem Reichstagsbrand sind die braunen Banden der SA wie entfesselt, sie haben noch am Samstagabend, bevor Ihr zu uns gekommen seid, eine Wahlversammlung der SPD mit Gewalt aufgelöst. Deren Begründung war, es bestünde die Gefahr einer bolschewistischen Verschwörung. Alle mußten sich ausweisen, ob nicht ein gesuchter Kommunist unter ihnen sei. Hätten wir nicht mit dem Geschäft so viel zu tun, wäre auch Hans-Georg auf dieser Wahlveranstaltung gewesen. Ich bin ehrlich froh, daß er nicht da war, denn dann wäre auch er jetzt schon registriert. Noch am Samstagabend ist ein Freund von Hans zu uns gekommen, um ihm davon zu berichten. Und am Sonntag seid Ihr gekommen. So ist es Hans-Georg vielleicht nicht zu verdenken, wenn er nicht stillschweigen konnte, bei dieser Bemerkung. Na ja und ich, Du kennst mich, ich sage, was ich denke.

Es tut mir wirklich leid, was du wegen dieser Sache erleiden mußtest. Umso mehr, als ich weiß, wie sehr Du versuchst, jedem Streit, vor allem mit Erich, aus dem Weg zu gehen. Ich bin wirklich glücklich und stolz, wie Du unsere Freundschaft verteidigt hast. Es wird jetzt natürlich schwieriger, wenn wir uns sehen wollen, aber ich glaube, es gibt dafür eine Lösung. Ich werde mir einfach ein paar Mal im Jahr einen freien Tag nehmen, um Deine Eltern zu besuchen. Erich wird dann bei der Arbeit sein und ich kann Dich und die Kinder sehen. Zu Geburtstagen und Feierlichkeiten kann ich natürlich nicht mehr kommen, aber ich werde meinem Patenkind und auch Hildchen zu den Geburtstagen schöne

Pakete senden. Ich hoffe nur, Erich wird auch noch erkennen, wie gefährlich seine Partei für uns alle ist. Aber ehrlich gesagt, glaube ich nicht daran. Hans-Georg und ich hoffen jetzt auf übermorgen. Wenn Hitler bis dahin nicht alle Menschen eingeschüchtert hat, bekommt er hoffentlich nicht ausreichend Stimmen, um weiter Reichskanzler zu bleiben.

Um auch noch etwas über uns zu schreiben, wir haben gestern die erste Monatsabrechnung gemacht und stell Dir vor, wir haben mehr Einnahmen verbucht als Herr Schumacher in den ganzen Monaten zuvor. Die erste Neuerung, die wir eingeführt haben, jeden Morgen frische und belegte Brötchen anzubieten, ist sehr gut gegangen. Es hat sich gelohnt, jeden Morgen vor der Arbeit mit dem Bus einen Sack Brötchen zu holen. Hans-Georg und ich haben uns überlegt, wenn es weiter so gut geht, schaffen wir uns ein Auto an, dann können wir auch selber zu den großen Märkten fahren, um frische Ware für unser Angebot zu erstehen.

Ich hoffe, es geht Dir und Deiner Familie gut.

Es umarmt Dich

Deine Lilli

Brief von Eva an Lilli vom 17. März 1933

Liebe Lilli,

es freut mich sehr, wie sich Euer Geschäft entwickelt. Ich drücke Dir ganz fest die Daumen, es möge so weitergehen. Ein Automobil nur für Euch, ich kann mir das kaum vorstellen. Hier haben wirklich nur die ganz reichen Bauern wie die Ranfts eines. Natürlich bist Du meinen Eltern immer noch willkommen. Vater ist, glaube ich, auch nicht sehr angetan von Herrn Hitler. Als Erich über Euer unmögliches, undeutsches Verhalten gesprochen hat, hat Vater noch zugehört. Als Erich aber von den Vorteilen und der bevorstehenden Wahl angefangen hat zu sprechen, ist Vater energisch geworden. Er hat gesagt, es sei nicht angebracht, im familiären Kreis über diese Dinge zu sprechen. Ehrlich, ich habe Vater selten so erlebt. Erich ist ganz rot geworden, aber gesagt hat er nichts, auch zu mir später nicht. Ich glaube, er hat zuviel Respekt vor Vater. Natürlich wird Erich mit Deinem Besuch bei den Eltern nicht einverstanden sein, aber er wird sich nicht trauen, Vater

Vorschriften zu machen und ich weiß, wie ich ihn um den Finger wickeln kann.

Was die Wahlen betrifft, so hat Bauer Ranft am Abend nach der Wahl ein großes Fest zu Ehren von Herrn Hitler gegeben. Er wird jetzt ja wohl Reichskanzler bleiben. Aber obwohl bei dem Fest immer wieder über den großen Erfolg gesprochen worden ist, glaube ich, Erich war doch unzufrieden. Er spricht ja kaum mit mir darüber. Ich bin eigentlich nur sein Zuhörer, wenn er begeistert über die Sache spricht oder wenn er wütend ist. Und als er das Ergebnis erfahren hat, ist er richtig wütend geworden. Er hat gesagt, wie kann es noch so viele Verblendete geben und das würde sich jetzt aber bald ändern.

Ich selbst bin nicht zur Wahl gegangen, ich habe gesagt, ich müsse bei den Kindern bleiben. Erst habe ich gedacht, Erich würde damit nicht einverstanden sein, aber er hat mich darin fast bestärkt. Er habe keine Zeit und Mutter und Vater könne man die Kinder im Moment nicht zumuten. Dabei hatten sie die Kleinen erst zwei Tage zuvor beim letzten Kameradschaftsabend. Ich glaube, Erich war sich nicht ganz sicher, was ich wählen würde, weil es ja eine geheime Wahl ist. Und er hat damit recht, ich hätte es nicht gewußt.

Jetzt aber genug von der Politik.

Ich bin ganz neugierig, ob Du bei Deinem nächsten Besuch schon mit einem neuen Automobil kommen wirst. Den Kindern geht es derweil prächtig, sie gedeihen. Mutter hat ganz besonders an Hildchen einen Narren gefressen. Sie sagt, sie sei so aufmerksam. Schaue einen immer an und sie glaubt, sie verstehe jedes Wort, das wir reden.

Eins muß ich Dir noch berichten, Frau Salbei hat geheiratet. Du weißt, die Frau, mit der ich hier im Schuhgeschäft gearbeitet habe. In ihrem Alter. Sie ist schon über 40. Alle im Dorf haben geglaubt, sie werde eine alte Jungfer. Aber die haben nicht mit der Beharrlichkeit von Hein Kars, dem Knecht von Bauer Trost, gerechnet. Der hat sich wohl schon vor Jahren in sie verguckt, als er ein Paar Schuhe für seine Herrschaft abholen sollte. Seitdem ist er immer wieder, schon als ich noch dort war, wie zufällig auf einen Plausch in den Laden gekommen. Und jedes Mal hat er Frau Salbei etwas mitgebracht. Einen Blumenkohl, ein paar

Kartoffeln. Einmal habe ich auch gesehen, wie er eine Tafel Schokolade mitgebracht hat. Wenn er dann gegangen ist, hat Frau Salbei immer das gleiche gesagt, was der doch immer hier will. Aber gelächelt hat sie dabei. Jetzt hat sie es scheinbar verstanden. Ich freue mich für die beiden, denn Hein ist wirklich nett, immer lustig und zu einem Spaß aufgelegt. Jetzt wird vielleicht auch Frau Salbei öfters mal lächeln. Vater und Mutter sind zur Vermählung in der Kirche gewesen. Vater hat gesagt, er wolle Hein nur einmal im Anzug sehen. Du weißt ja, wie das bei uns im Dorf ist.

Mit der Hoffnung auf ein baldiges Wiedersehen
Deine Eva

Brief von Lilli an Eva vom 27. Juni 1933

Liebste Eva,
wir haben es getan. Hans-Georg und ich haben uns ein Auto gekauft. Einen gebrauchten, bei dem wir die beiden hinteren Sitze gleich haben ausbauen lassen, damit wir Platz für unsere Waren haben. Wir sind ja auch nur zu zweit. Jetzt fährt Hans regelmäßig zweimal die Woche zum Markt und kauft frische Ware.

Es ist überraschend, wie gut die Kunden unsere neuen Angebote annehmen. Unser Umsatz hat sich schon wieder deutlich verbessert. Natürlich haben wir auch immer mehr zu tun. Nach langer Überlegung habe ich gestern den Schritt gewagt und habe Herrn Burmeister meine Kündigung übergeben. Schon in drei Wochen fängt eine neue Sekretärin an. Eine gelernte Kraft. Trotzdem hat mich Herr Burmeister gebeten, sie noch eine Woche einzuarbeiten. Es bleiben also noch vier Wochen, bis ich endlich mein eigener Herr bin. Ist das nicht komisch? Herr, dabei bin ich doch eine Frau. Ab nächster Woche beginne ich mit der Führerscheinprüfung, damit auch ich mal zum Markt fahren kann. Ich weiß, bei Euch auf dem Dorf fahren viele ohne, aber hier in der Stadt geht das nicht, hier kennt nicht jeder den Dorfpolizisten, mit dem er dann am Abend ein Bier trinken geht. Hier wird man schon manchmal von einer Kontrolle angehalten, vor allem als Frau. Eigentlich wollten wir ja alles viel langsamer angehen lassen, aber bei dem Erfolg, den wir jetzt haben, kann es doch nur richtig sein, so zu handeln. So weit ist bei uns alles gut, aber Hans-Georg ist ganz außer sich: Jetzt haben die doch die SPD tatsächlich ganz verboten. Zwei seiner Freunde sind auch schon verhaftet worden. Ich bin nur froh, daß Hans kein Mitglied der SPD ist. Leider ist es so gekommen, wie wir befürchtet haben. Sie verbreiten Angst und Schrecken. Möge es nur nicht noch schlimmer kommen. Ich hoffe nur, Hans beherrscht sich, denn immer öfter kaufen auch bei uns diese Braunhemden ein. Entschuldige, ich weiß, Erich gehört auch zu ihnen, aber nach dem, was bisher schon geschehen ist, kann ich nicht anders als sie so zu nennen.

Wie geht es bei Euch, hat sich Deine Mutter wieder etwas erholt?

Bestelle doch bitte Deinem Vater und Deiner Mutter einen lieben Gruß.

Alles Liebe
Deine Lilli

Ach so, die beigelegte Schokolade ist für Dich und die Kinder und die Zigarren gebe Deinem Vater und bitte ihn um ein Urteil. Wir überlegen, ob wir diese neue Marke mit in unser Angebot aufnehmen.

Brief von Eva an Lilli vom 10. Oktober 1933

Liebe Lilli,
ich finde es unglaublich, wie schnell das alles bei Euch voranschreitet. Wenn Ihr so weiter macht, werdet Ihr noch richtig reich und Du wirst ein richtig »feines Aas«. Das mit Hans-Georgs Freunden tut mir wirklich leid und es ist auch bestimmt nicht richtig gewesen, die SPD zu verbieten, aber schlecht ist auch nicht alles. Erich hat mir erzählt, die Partei mußte kurzfristig einen Aufnahmestop verhängen, weil so viele in die NSDAP eintreten wollten. Kann denn alles falsch sein, wenn so viele Menschen mitmachen? Auch stand ganz groß in der Zeitung, wie viel die für Kinder und die Volksgemeinschaft machen. Erich hat mich jetzt wieder gedrängt, auch in die Partei einzutreten. Er sagt, es macht keinen guten Eindruck wenn ich kein Parteibuch habe. Bauer Ranfts Sohn ist auch noch nicht in der Partei und der wurde schon gefragt warum. Es sei nur eine Frage der Zeit, wann sie auch zu ihm kommen würden. Ich habe nur gesagt, so lange Vater nicht in die Partei eintritt, tue ich es auch nicht. Er ist nicht richtig wütend geworden, er hat nur gesagt: »Du und dein Vater.«

Ich liebe Erich von Herzen, aber ich bin froh, auch Vater zu haben. Mutter geht es nicht schlechter, das ist für uns alle ein wahres Glück. Sie geht jetzt sogar wieder jeden Abend mit Vater auf einen Spaziergang. Meist gehen sie zum Prophetensee und zurück.

Liebste Lilli, vielen Dank für die Schokolade. So eine Packung habe ich hier noch nie gesehen. Die muß doch sündhaft teuer gewesen sein. Ich habe mir die Schokolade mit den Kindern geteilt. Erich hat sich geweigert, ein Stück zu probieren. Du weißt, weil sie von Dir ist. Dabei ist er doch eigentlich ein wirklicher Honigbär und kann sonst an nichts Zuckrigem vorbei gehen. Vater läßt Dir einen schönen Dank ausrichten und Dir sagen, die Rauchware habe ihm vorzüglich gemundet.

Hast Du inzwischen Deinen Führerschein und kommst Du mich dann bald besuchen?

Ich vermisse Dich sehr.

Mit einer liebevollen Umarmung grüßt Dich

Deine Eva

Tagebucheintrag 1.7.1945

Langsam geht mir die Bettwäsche aus. Ich habe mich jetzt doch dazu verstiegen, Erich Windeln aus alten Stoffetzen anzulegen. Ich habe mich lange dagegen gewehrt, es erschien mir so ehrlos, aber jetzt geht es nicht mehr anders. Wie man aus Stoffetzen große Windeln macht, hat mir die alte Frau Bruns gezeigt, die hat über zwei Jahre ihren Mann gepflegt. So lange konnte er das Bett nicht mehr verlassen. Sie hat mir auch angeboten, ab und zu nach Erich zu schauen, wenn ich unterwegs sein muß. Ich werde dieses Angebot annehmen, auch wenn es mir unangenehm ist und ich Erich nicht gerne alleine lasse. Aber heute hat sich diese Möglichkeit ergeben. Ich kann sie nicht abtun. Wenn alles gut läuft, wird sich für uns bald alles zum Guten wenden. Weil Heinz Ranfts Flüchtlinge, die bis jetzt bei ihm auf dem Speicher gewohnt haben, ab nächster Woche in das neue Barackendorf am Ortsausgang umgesiedelt werden, bekomme ich jetzt diese Möglichkeit. Und alle sagen, es gibt nur Ärger mit den Flüchtlingen. Nicht für mich. Jetzt wo ihre Frauen Heinz Ranfts rheumatischer Mutter nicht mehr unter die Arme greifen können, ist er zu mir gekommen. Ich sei ihm als erstes eingefallen, weil der Erich auch immer so zuverlässig gewesen sei. Bis ihm wieder Flüchtlinge zugewiesen werden, benötigt er etwas Hilfe. Und jetzt werde ich jeden Nachmittag für ein paar Stunden aushelfen. Hätte ich ablehnen müssen?

Ich habe zugesagt, über die Bezahlung haben wir nicht gesprochen, aber wer würde in dieser Zeit nicht alles dafür geben, bei einem Bauern zu arbeiten? Ich habe das Gefühl, langsam geht es wieder bergauf für uns.

Tagebucheintrag 2.7.1945

Heute war der Herr Doktor wieder bei uns. Er sagt, Erichs Zustand habe sich nicht verändert, er habe immer noch 39 Grad Fieber und er sei weiter sehr geschwächt. Es schien mir aber, als wenn er das als gut angesehen hat. Heute nachmittag gehe ich das erste Mal zu den Ranfts, ich bin schon ganz aufgeregt. Ausgerechnet heute hat Frau Bruns Besuch von ihrer Nichte. Jetzt müssen Marie und Hildchen bei ihrem Vater bleiben. Ich hoffe nur so sehr, sie müssen nicht seine Windeln wechseln, selbst für mich ist es immer noch eine große Überwindung. Der Geruch hat mich schon zweimal dazu gebracht, mich zu übergeben. Aber jetzt will ich nicht weiter daran denken, ich freue mich auf die Arbeit. Es ist nicht nur die Aussicht auf gute Lebensmittel, es ist die Möglichkeit, dem Ganzen hier, wenn auch nur für ein paar Stunden, zu entfliehen. Ich habe zwar ein schlechtes Gewissen so zu denken, aber ich beruhige mich damit, daß es für alle notwendig ist. Vor allem die Kleinen brauchen mehr zu essen.

Brief von Eva an Lilli vom 20. Januar 1934

Liebe Lilli,

jetzt ist es schon wieder drei Wochen her seit Deinem Besuch. Es war ein so schöner Tag. Es hat mir so viel Spaß gemacht, mit Dir in Deinem Automobil über Land zu fahren und dabei Schokolade zu naschen. Es war fast wie früher, nur wir beiden. Ich hatte ganz vergessen, wie frei wir beide einmal waren. Du hast Dich wirklich nicht verändert; einfach auf einem Feld anzuhalten, um zu tanzen. Zum Glück hat uns dabei keiner gesehen. Das wäre ganz schnell im Dorf herum gewesen. Auch Vater war begeistert von Deinem neuen Automobil. Er hat später noch ein paar Vorteile dieses Automobils aufgezählt. Ich habe aber nicht verstanden, wovon er gesprochen hat. Ich glaube, er hat die Ansaugung und einen elektrischen Starter erwähnt. Für Marie war es ein Erlebnis, bei Dir auf dem Schoß im Hof herum zu fahren. Sie hat noch den ganzen Abend von »Audo pfahren« gesprochen. Nur Erich hat darüber geschimpft. Er hat gesagt, es sei viel zu gefährlich mit einem Kind auf dem Schoß zu fahren. Mir hat das aber nicht meine gute Laune verdorben, es war so ein schöner Tag. Vater hat den Erich dann auch noch ein bißchen aufgezogen. Er hat ihn gefragt, ob es nicht noch gefährlicher sei, ein kleines Kind auf einem Traktor mitzunehmen. Erich hat darauf nur leise gemurmelt, das sei etwas anderes. Doch Erich schien sowieso an diesem Abend nicht ganz bei der Sache zu sein. Und abends, als wir im Bett lagen, hat er es mir dann erzählt. Es kommt extra aus Hamburg einer von der Partei nach Quickborn, um die Landwirtschaft zu organisieren. Erich macht sich jetzt Sorgen, ob er die Ernte richtig organisiert habe. Jetzt, wo er die Aufsicht über die Arbeiter habe. Ich habe ihm entgegnet, Herr Ranft war doch immer mit ihm zufrieden. Doch das konnte ihn nicht beruhigen, das sei etwas anderes. Jetzt ginge es darum, vor der Partei zu bestehen. Er war wirklich besorgt, er hat sich die ganze Nacht herumgewälzt. Ich habe mir keine Sorgen gemacht, mein Erich ist ehrlich und fleißig. Und so ist es dann auch gekommen, der Herr Inspektor, ich nenne ihn so, obwohl Erich gesagt hat er sei kein Inspektor, sondern..., aber den Titel konnte ich mir nicht merken. Also der Inspektor hat gesagt, in Quickborn laufe alles reibungslos und er solle so weiter für Führer und Volk arbeiten. Ich war recht stolz auf meinen Erich. Aber es scheint sich jetzt auch alles zu beruhigen. In der Zeitung steht jetzt immer, wie gut es den Menschen unter Hitler geht. Und es gibt fast keine Arbeitslosen mehr. Letzten Sonntag hat die Partei für das ganze Dorf ein Eintopfessen veranstaltet. Es war alles umsonst, für die Volksgemeinschaft haben sie gesagt. Es hat Reden gegeben. Bauer Ranft, der ist jetzt unser Bürgermeister, hat gesprochen und es waren auch ein paar Leute der Partei extra aus Hamburg gekommen. Ehrlich Lilli, langsam kann ich Erich ein wenig verstehen. Selbst Vater war bei dem Essen. Er hat zwar gesagt, er muß ja nicht alles gut finden, aber ihr Essen schmeckt. Ich werde trotzdem nicht in die Partei eintreten, aber ich finde es toll, wenn sich auch mal jemand um uns Mütter kümmert. Der Vorsitzende aus Hamburg hat gesagt, bald wird es jede Woche ein Treffen für die Mütter geben, damit die Mütter sich gemeinsam der großen Aufgabe der Kindererziehung widmen können, hat er gesagt. Bürgermeister Ranft hat dann noch eingeworfen, für Kaffee und Kuchen sorge die Partei. Da haben alle geklatscht und ich auch.

Ich hoffe bei Euch in Hamburg läuft auch alles so gut.

Liebste Grüße

Eva

Brief von Lilli an Eva vom 1. Februar 1934

Liebste Eva,

ich muß Dir sagen ich bin besorgt. Jetzt stellst Du Dich doch auf ihre Seite. Ich habe Dir doch bei meinem Besuch erzählt, was die Braunhemden schon im April nach der Wahl mit den jüdischen Geschäften in Berlin gemacht haben. Sie wollten die Bevölkerung gegen die Juden aufbringen. Die schrecken nicht vor Gewalt zurück. Auch hier sieht man immer mehr von ihnen. Hans und ich haben langsam das Gefühl, sie sind überall. Selbst auf den Ämtern, wenn wir Genehmigungen für Frachtpapiere für Spezialitäten aus anderen Ländern brauchen, sitzen fast nur noch Braunhemden. Zweimal ist Hans schon angesprochen worden, ob es nicht undeutsch sei, Waren aus Frankreich zu kaufen. Hans hat darauf sehr diplomatisch reagiert, er hat gesagt, er habe Verträge, die ihn binden. Was sollen wir auch tun, wir sind auf ihre Stempel angewiesen.

Unser Geschäft läuft nämlich von Monat zu Monat besser. Alle unsere Neuerungen werden angenommen und wir bekommen immer mehr neue Kunden. Bei der frischen Ware haben wir jetzt sogar schon eine ganze Anzahl neuer Stammkunden. Aber auch die Kunden, die wegen der Spezialitäten zu uns kommen, nehmen fast immer auch noch etwas aus dem neuen Angebot mit. Es ist fast so, als hätten alle auf uns gewartet.

So, jetzt ist gleich die Mittagspause vorbei. Hans und ich machen uns jetzt wieder auf den Weg in den Laden.

Grüße bitte Deinen Vater und Deine Mutter

Liebe Grüße

Lilli

Brief von Eva an Lilli vom 2. März 1934

Liebe Lilli,

auch ich soll Dich von Vater und Mutter grüßen. Bei uns geht alles seinen Gang. Die Kinder wachsen und wachsen und stell Dir vor, Erich hat jetzt von Bauer Ranft wieder eine Erhöhung seines Lohnes bekommen. Die hat er aber auch wirklich verdient, schließlich bewirtschaftet er den Hof inzwischen fast alleine. Seitdem Herr Ranft unser Bürgermeister ist, sitzt er fast nur noch in den Amtsstuben oder ist zu einer Parteibesprechung in Hamburg. Einmal war er sogar schon in Berlin. Stell Dir vor, der Führer hat allen Abgesandten aus den Gemeinden die Hand geschüttelt. Das ist ihm aber auch zu gönnen, jetzt wo er so viel Ärger mit seinem Sohn hat. Der hat in aller Öffentlichkeit gesagt, sein Vater sei verblendet und er könne ihn nicht verstehen, daß er diesem Hitler hinterherläuft. Und der ist kein Junge mehr, der noch nicht genau weiß, wo er hingehört, der ist so alt wie mein Erich. Der Bürgermeister konnte Schlimmeres verhindern, er hat ihn nach England auf eine besondere Schule für Landwirtschaft geschickt. Zum Glück kann er sich das leisten. Zu Erich hat er gestern gesagt, es wäre das beste, wenn er gleich für immer und nicht nur zwei Jahre dort bliebe. Es ist wirklich kein schönes Schicksal, was da auf dem armen Herrn Ranft lastet. Ehrlich gesagt, ich verstehe Deine Besorgnis nicht. Es ist doch nichts Schlechtes, wenn jetzt alles in einer Hand ist. Und die Sache in Berlin? Du hast mir doch erzählt, von der Bevölkerung hat kaum einer mitgemacht. Und nach einem Tag war alles schon wieder vorbei. Vielleicht waren es ja auch nur ein paar von der Partei, bestimmt nicht alle. Du warst ja auch nicht dabei und Du weißt doch, oft werden Dinge viel schlimmer erzählt als sie wirklich waren. Es hat davon ja nicht einmal bei uns etwas in der Zeitung gestanden.

Liebe Lilli, ich möchte Dich auch bitten, nicht mehr so abfällig über alle Braunhemden zu sprechen. Erich gehört ja auch zu ihnen und er ist kein schlechter Mensch. Ich hoffe, es geht Dir gut.

Liebe Grüße

Eva

Brief von Lilli an Eva vom 20. Dezember 1934

Liebe Eva,

es tut mir leid, wenn ich Dir erst jetzt schreibe, aber Hans-Georg und ich hatten so viel zu tun. Es ist wirklich kaum zu glauben, wie gut das Geschäft geht. Hans ist auf die Idee gekommen, für unsere gehobenere Kundschaft einen Lieferdienst einzurichten. Doch nicht nur für unsere Waren, sondern zusätzlich bieten wir jetzt kalte Platten an. Es ist so gut angenommen worden, daß ich jetzt mehrmals die Woche eine Frau zur Aushilfe habe, die bei der Zubereitung und der Herrichtung der bestellten Platten hilft. Leider sind unter unseren Kunden jetzt immer häufiger auch Parteigänger der NSDAP. Hans muß sich immer sehr beherrschen, wenn er bei diesen Kunden wohlwollende Sprüche, wie: «Alles zum Wohle des Führers«, zu hören bekommt. Er hat es sich inzwischen angewöhnt, bei der Lieferung und beim Verlassen der Kunden entweder Platten oder Abdeckhauben zu tragen, damit es nicht auffällt, wenn er den Hitlergruß nicht erwidert. Am liebsten würde Hans an diese Leute gar nicht liefern, aber viele von ihnen haben Einfluß und für einige von ihnen wäre es vermutlich ein leichtes dafür zu sorgen, daß wir mit unserem Laden Schwierigkeiten bekommen.

Liebe Eva, es tut mir leid, wenn Du meinen letzten Brief als Angriff auf Erich empfunden hast, aber ich glaube nun einmal fest daran, Hitler und seine Partei verfolgen keine guten Absichten. Und ich bin davon überzeugt, daß das in Berlin von der Partei geplant wurde und erst der Anfang ist. Dieses Jahr ist in Berlin das erste Umerziehungslager für politische Gefangene eröffnet worden. Es ist persönlich von Herrn Himmler eingeweiht worden und das hat hier auch in der Zeitung gestanden. Bisher haben Gefängnisse und Zuchthäuser doch ausgereicht. Und man kann sich ja denken, wer in diese sogenannten Umerziehungslager kommt und mit welchen Mitteln die Braunhemden dort umerziehen. Ich denke nur, wenn Hans in die SPD eingetreten wäre, hätte auch er dorthin kommen können. Aber zum Glück ist es dazu ja nicht gekommen und wir konzentrieren uns jetzt hauptsächlich auf unser Geschäft. Ich hoffe, es geht Euch gut.

Liebe Grüße auch an Deinen Vater und Deine Mutter

Lilli

Fortsetzung Tagebucheintrag 2.7.1945

Es ist jetzt zehn Uhr abends. Die Kinder und Erich schlafen schon. Doch in der Küche liegt ein Bezug Bettwäsche. Ich habe es schon gerochen, als ich die Tür geschlossen habe. Die Kinder hatten also kein Glück. Ich muß ihnen zeigen, wie man die Sachen erst einmal ausspült, damit es bis zur nächsten Wäsche nicht zu arg stinkt. Mir tun alle Knochen weh, besonders meine Knie. Zwei Stunden mußte ich die Fliesen der Diele und in der Küche schrubben. Wie groß allein die Diele ist! Sie ist größer als unser Zimmer und die Küche zusammen. Dann habe ich noch einen ganzen Waschzuber Wäsche gewaschen. Hier konnte ich das erste Mal seit Kriegsende Wäsche in einem aufgeheizten Waschzuber waschen. Die Ranfts müssen wohl nicht ihren Brennstoff für den Winter bunkern. Es ist schon etwas anderes, solche Arbeiten in einer fremden Familie zu verrichten. Immer wenn die alte Frau Ranft an mir vorbeiging, hatte ich das Gefühl, sie beobachtet mich und kontrolliert, ob ich gut genug arbeite. Sie hat mir meine Aufträge gegeben, aber sonst hat sie kein Wort mit mir geredet. Früher bei den Kameradschaftsabenden hat sie doch öfter mit uns Frauen zusammengesessen, um zu stricken oder für einen Plausch, aber heute schien sie das völlig vergessen zu haben. Sie scheint mich nicht mehr zu kennen. Ein komisches Gefühl. Erst als ihr Sohn kam, fühlte ich mich besser, der hat mich freundlich begrüßt. Auch heute hat er mit mir nicht über die Bezahlung gesprochen, aber als ich gegangen bin, lag ein Paket auf meiner Jacke, auf dem »Für Eva« stand. Es ist wie Weihnachten, in dem Paket waren neben ungefähr einem Pfund Mehl Kartoffeln für eine ganze Mahlzeit und noch ein Stück Speck mit einem kleinen Streifen Schinken. Ich schäme mich ein wenig, ich habe mir sofort ein kleines Stück abgeschnitten und mit einem Kanten Brot gegessen. Wie lange ist es her, seit ich so eine Köstlichkeit gegessen habe. Und doch ist der Geschmack so vertraut. Morgen soll ich schon um zwei Uhr da sein, Frau Ranft will die Fenster im Hellen geputzt haben. Ich bin etwas besorgt, wie lange es dauern wird, alle Fenster dieses riesigen Hauses zu putzen. Erich stöhnt, ich hoffe, er wird eine ruhige Nacht verbringen.

Brief von Eva an Lilli vom 5. Januar 1935

Liebe Lilli,

vielen Dank für Dein Weihnachtspaket, die Kinder haben sich sehr über die Naschereien gefreut. Den Wein habe ich Vater gegeben, denn ohne Erich möchte ich keinen Wein trinken. Vater hat ihn gerne genommen, er hat gesagt, wir wüßten gar nicht, was wir verpassen. Er läßt Dich auch recht herzlich grüßen. Ich hoffe, es geht Euch gut und Ihr seid gut ins neue Jahr gekommen.

Liebe Grüße

Eva

Brief von Eva an Lilli vom 20. Dezember 1936

Liebe Lilli,

vielen Dank für das Paket, aber ich muß Dich bitten, mir nicht mehr zu schreiben und auch keine Pakete mehr zu schicken. Erich sagt, er könne Deine Äußerungen über die Partei sonst nicht länger zurückhalten. Ich verstehe Dich aber auch wirklich nicht. Es geht uns doch allen gut und auch Euch geht es von Jahr zu Jahr besser. Da muß man doch nicht unbedingt ein Haar in der Suppe suchen.

Mit den allerbesten Wünschen für Dein weiteres Leben

Eva

Brief von Evas Vater an Lilli vom 27. März 1937

Liebe Lilli,

leider muß ich Dir mitteilen, meine geliebte Frau ist am 25. März nach langer Krankheit verstorben. Es scheint hart zu klingen, aber für sie mag es ein Segen gewesen sein.

Ich finde es eine Schande, wenn zwei Freundinnen sich wegen dem Herrn Hitler entzweien und ich Dir jetzt diese traurige Nachricht so mitteilen muß.

In tiefer Trauer grüßt Dich

Karl Lohmann

Brief von Lilli an Evas Vater vom 28. März 1937

Sehr geehrter Herr Lohmann,

ich möchte Ihnen meine tief empfundene Anteilnahme versichern. Ich werde mich immer gerne der Gastfreundschaft und freundlichen Art Ihrer Frau erinnern und bin dankbar, sie gekannt zu haben. Ich hoffe, Sie werden über diesen Verlust hinwegkommen. Aber ich denke, Ihre Töchter und ihre Enkel werden Ihnen ein großer Trost sein.

Auch ich bedauere den Bruch zwischen Eva und mir sehr. Aus ihrem Brief habe ich entnommen, daß auch Sie kein glühender Verehrer von Hitler und seinen Leuten sind. Ich habe immer versucht, Eva klar zu machen, mit welchen Mitteln diese Herren arbeiten und wie ihre wahre Gesinnung ist. Aber vermutlich konnte sie nicht auf Dauer den Zwiespalt zwischen meinen Worten und dem, was ihr Mann will, ertragen.

Ich hoffe nur, Eva und ich werden in der Zukunft wieder zueinander finden.

Es grüßt Sie herzlichst
Elisabeth Marten

Brief von Evas Vater an Lilli vom 4. April 1937

Liebe Lilli,

vielen Dank für Deine mitfühlenden Worte. Auch ich hoffe auf eine bessere Zukunft für Eure Freundschaft. Vielen Dank für die beigelegten Zigarren. Sie hatten ein wundervolles Aroma.

Es grüßt Dich
Karl Lohmann

Brief von Hans-Georg an Eva vom 3. Januar 1938

Liebe Eva,

Du findest es sicherlich verwunderlich, daß ich mich mit einem Brief an Dich wende. Aber leider sind die Neuigkeiten, die ich Dir mitzuteilen habe, so, daß ich sie Dir nicht verschweigen kann. Lilli hat vor zwei Wochen einen schweren Unfall gehabt. Ein Lastkraftwagen hat ihr Fahrrad erfaßt und sie ist gegen eine Häuserwand geworfen worden. Dabei hat sie sich ein Bein gebrochen und das Gesicht aufgeschürft. Dies wäre sicherlich noch nicht so schlimm, aber Lilli war im fünften Monat schwanger. Du weißt sicherlich, daß wir uns ganz auf das Geschäft eingelassen haben und wir zunächst keine Kinder bekommen wollten. Nachdem Lilli aber von der Schwangerschaft erfahren hatte, war sie wie ausgewechselt. Sie war so glücklich. Und auch ich habe mich gefreut. Wir haben deswegen die Wohnung über unserem Laden gekauft, damit Lilli auch weiterhin hätte im Laden arbeiten können. Das war ihr sehr wichtig. Was sie besonders beflügelt hat, war die Aussicht, mit Dir wieder Kontakt zu bekommen, denn sie hat immer gesagt, wenn Frauen über Kinder reden können, wird alles andere unwichtig. Nun ist es leider anders gekommen. Lilli hat noch an dem Unfallort ihr Kind verloren.

Der Arzt sagt, die Verletzungen sind nicht so geartet, um Lilli dauerhaft ans Bett zu binden und eigentlich hätte sie schon seit einer Woche wieder aufstehen sollen. Aber sie weigert sich, sie blickt nur starr vor sich hin, und wenn ich mit ihr reden will, sagt sie immer nur:

»Nicht jetzt, Hans, es geht mir nicht gut.«

Die Krankenschwester hat mir gesagt, sie sei an der Seele verletzt. Ich weiß mir keinen Rat mehr, so schreibe ich an Dich. Natürlich weiß ich von Eurem Zerwürfnis, aber ich weiß, wie wichtig Du immer für Lilli gewesen bist. So bitte ich Dich nun, mir und natürlich Lilli in der Not zur Seite zu stehen. Ich bitte Dich, schreibe ihr ein paar tröstliche Worte.

Mit der Bitte um Hilfe grüßt Dich und Deine Familie

Hans-Georg Marten

Brief von Eva an Lilli vom 6. Januar 1938

Liebe Lilli,

ich habe von Deinem Unfall gehört. Es hat mich sehr erschüttert. Ich kann gar nicht schreiben, wie leid mir Dein Verlust tut. Doch gleichzeitig bin ich unendlich froh, Dich nicht durch diesen Unfall verloren zu haben. Ich glaube, nichts im meinem Leben habe ich so bereut wie meinen letzten Brief an Dich. Ich war damals sehr verärgert, vor allem, weil es doch für uns alle so steil aufwärts ging. Ich konnte einfach nichts Schlechtes sehen. Ich wollte diese schöne Zeit ungetrübt genießen. Aber seitdem ist nicht ein Tag vergangen, an dem ich nicht an Dich gedacht habe. Immer wieder habe ich Briefe begonnen, aber nur um sie dann wieder zu zerknüllen und in den Ofen zu werfen. Als meine geliebte Mutter gestorben ist, hatte ich einen Brief geschrieben, aber das Schicksal wollte nicht, daß ich ihn abschicke. Ich war schon in der Bahnhofsstraße angelangt und wollte gerade auf die Post los, als mir Erich entgegenkam. Er wollte ebenfalls zur Post, um eine Sendung für die Ranfts abzuholen. Natürlich hat er mich gefragt, was ich hier wolle. Kurz habe ich damals innegehalten, fast hätte ich ihn damals angelogen. Aber schließlich habe ich ihm natürlich die Wahrheit gesagt. Und dann hat er es mir ausgeredet. Ich habe mich einfach nicht getraut, mich auf offener Straße mit meinem Mann zu streiten. Dafür hätte Erich kein Verständnis gehabt. Aber jetzt habe ich ihm gesagt, Du bist ein Teil meines Lebens und ich werde nicht für seine Partei auf Dich verzichten. Ich bin übrigens immer noch nicht eingetreten. Wie Vater. Erich war wirklich böse, er ist gestern abend dann wieder in die Zentrale gegangen. So nennt er jetzt die Amtsstuben. Er ist spät nach Hause gekommen. Ich habe ihn gehört, bin aber nicht aufgestanden.

Heute morgen hat er dann so getan, als wenn nichts gewesen wäre. Ich hoffe, Du bist mir nicht mehr böse und schreibst mir. Bitte schreibe mir die Adresse des Krankenhauses, denn die Verbindung nach Hamburg hat sich ja wirklich verbessert. Ich würde Dich nämlich gerne besuchen. Vater hat schon gesagt, er paßt dann auf die Kinder auf. Da gibt es auch etwas Neues: Ich habe Zwillinge bekommen. Sie sind jetzt ein Jahr alt. Du siehst, es gibt für Dich als Tante eine Menge zu tun. Natürlich würde ich es noch schöner finden, Dich in Eurer neuen Wohnung zu besuchen. Ich bin ganz neugierig wie groß sie ist.

Liebe Grüße von Vater und die besten Genesungswünsche soll ich Dir ausrichten. Und auch von Marie soll ich Dich grüßen. Sie erinnert sich nicht mehr an Dich, aber an Deine Geschenke. Für sie bist Du »Tante Lokolade«. Sie kann immer noch kein »Sch« aussprechen. Also bitte schreib mir und werde wieder gesund. Du hast schließlich eine Aufgabe als Patentante.

Liebste Lilli, ich vermisse Dich so sehr
Deine Eva

Brief von Lilli an Eva vom 9. Januar 1938

Liebste Eva,

vielen lieben Dank für Deinen Brief. Ich kann Dir gar nicht sagen, wie sehr ich mich gefreut habe, Deinen Brief zu bekommen. Es war für mich, als wenn ich aus einem bösen Traum erwacht wäre. Leider ist der Traum aber die Wirklichkeit gewesen. Ich habe, nachdem ich den Brief gelesen habe, über eine Stunde geweint. Der arme Hans wußte gar nicht mehr, wie er mich trösten sollte. Ich habe geweint und sogar geschrien. Ich konnte die Ungerechtigkeit, der ich mir in diesem Augenblick gewahr wurde, nicht ertragen. Nach einer Stunde habe ich dann ganz fürchterliche Kopfschmerzen bekommen. Doch das machte mir nichts, seitdem kann ich auch wieder an andere Dinge als an den Unfall denken. Vor allem an Dich und natürlich an den armen Hans-Georg, der in den letzten Wochen eine wirklich schwere Last mit mir hatte. Schließlich hat auch er ja sein Kind verloren. Inzwischen stehe ich wieder auf und der Arzt hat gesagt, ich kann in zwei Tagen nach Hause, wenn ich mich schone.

Also, wenn Du magst, kannst Du mich zu Hause besuchen. Hans hat, während ich im Krankenhaus war, die Malerarbeiten und den Umzug machen lassen. Wenn ich jetzt nach Hause komme, ist alles hergerichtet. Jetzt freue ich mich sogar ein wenig darauf. Grüße bitte Deinen Vater und sage Marie, ihre Tante Lokolade schickt ihr, sobald sie zu Hause ist, Lokolade.

Es umarmt Dich
Deine Lilli

Brief von Eva an Lilli vom 1. Februar 1938

Liebe Lilli,

es war ein wirklich schöner Besuch bei Euch. Wie beeindruckend groß Eure Wohnung ist. Vier Zimmer und eine richtige Toilette mit einer Spülung.

Aber die wirkliche Schau für mich war die Badewanne. Eine Wanne nicht aus Zink, sondern eine mit Emaille überzogen und darüber ein Kocher für das heiße Wasser. Kein lästiges Schleppen von Kannen mit gekochtem Wasser. Wie würde ich mir das wünschen, wo Erich doch jeden Tag badet. Marie konnte es kaum glauben, als Du sie gleich in die Wanne gesetzt hast. Sie hat Erich, als wir nach Hause gekommen sind, alles genau erzählt. Von dem Zimmer, wo nur eine Wanne drinsteht und sie alleine durfte entscheiden, wie heiß das Wasser ist. Sie hat ihm auch erklärt, Tante Lilli (jetzt spricht sie meist von Tante Lilli), mußte nur an dem Rad drehen und schon war das Wasser warm. Ich habe es genau in Erichs Augen gesehen, er hätte auch gerne so eine Wanne.

Nachher als Marie im Bett war, hat er allerdings schlecht darüber geredet. Wenn alle so eine Badeeinrichtung haben wollten, das könnte sich die Volksgemeinschaft ja gar nicht leisten. Ich habe aber gar nicht richtig hingehört.

Liebe Lilli, ich freue mich so über Deine Genesung und natürlich über uns. Ich muß ja sagen, Dein Hans-Georg hat mich überrascht. Wie der gekocht hat und nachher, als wir Kaffee getrunken haben, hat er sogar das Geschirr gespült. Damit könnte ich meinem Erich nicht kommen, für ihn sind das Frauenarbeiten.

Weißt Du, es gibt etwas Neues, Vater hat eine Freundin! Es ist noch nicht so richtig eng, glaube ich, aber die beiden treffen sich jeden Nachmittag zum Kaffee. Es ist die Witwe vom alten Schmied Trapp. Ich freue mich für meinen Vater. Erich sagt, es schicke sich nicht, ein Jahr nach Mutters Tod und überhaupt in seinem Alter. Und ich war frech, ich habe zu Erich gesagt, er solle es Vater doch am besten selbst sagen, damit er keinen Fehler begeht. Ich als Tochter könne mit Vater natürlich nicht darüber sprechen, das wäre zu unschicklich. Erich hat dann rumgedruckst, er werde es sich überlegen, mal sehen und na, so schlimm ist es ja auch nicht. Ich werde ihn darauf natürlich nicht mehr ansprechen, das traue ich mich dann doch nicht, aber es macht mir Spaß, Erich manchmal ein wenig zu ärgern.

Marie und Hildchen lassen Dich ganz lieb grüßen und grüße auch Hans-Georg von mir.

Ich hoffe es geht Dir gut
Ich umarme Dich
Deine Eva

Brief von Lilli an Eva vom 21. Februar 1938

Liebste Eva,

jetzt geht es mir wieder gut, nachdem ich letzte Woche noch ein wirkliches Tief hatte. Ich hatte Dir ja erzählt, ich mußte noch einmal zu einer abschließenden Untersuchung ins Krankenhaus. Das war letzte Woche. Weil unsere Aushilfe an diesem Tag ihrer kranken Mutter den Haushalt macht, hat Hans-Georg kurzerhand den Laden zugesperrt, um mich zu begleiten. Er ist ein wirklicher Schatz. Das war aber auch gut so, denn nach der Untersuchung hat der Arzt mich schon so komisch angesehen. Als ich dann zusammen mit Hans in seinem Zimmer gesessen bin, ist er mit der Sprache herausgekommen.

»Liebe Frau Marten«, hat er gesagt, »sie können keine Kinder mehr bekommen.«

Er hat es erklärt, aber ich habe da nicht mehr zugehört. Hans hat mich dann einfach nur nach Hause gebracht. Ich habe mich gefühlt, wie als ich das Kind verloren hatte. So hoffnungslos. Alles erschien mir sinnlos. Abends dann habe ich mir selbst in den Du-weißt-schon getreten. Ich kann Hans es einfach nicht noch einmal antun, ihn alleine zu lassen. Ich habe an Dich, Marie, Hildchen und die Kleinen gedacht und ich habe beschlossen, jetzt eben Deine Kinder ganz besonders zu verwöhnen, wenn Du damit einverstanden bist.

Natürlich bin ich immer noch traurig und es gibt Momente, in denen muß ich ganz stark sein. In solchen Momenten suche ich mir dann immer eine Arbeit, die mich völlig auslastet. Wenn nicht gerade Ware einzuräumen ist, staple ich im Lager Ware um oder putze unser Schaufenster. Du weißt ja, wie groß es ist. Hans sagt nie etwas dazu, auch wenn ich erst letzte Woche das Lager umgeräumt oder das Fenster geputzt habe. Er kennt mich wirklich, ich wundere mich manchmal wie gut.

Im Moment beschäftigt mich aber etwas anderes. Hans-Georg will mir ein eigenes Auto kaufen. Er will nicht mehr, daß ich Fahrrad fahre, nach all dem und dem immer stärker werdenden Verkehr hier in der Stadt. Ein Auto nur für mich, nur für meine Besorgungen. Ich weiß nicht, ist das nicht verrückt?

Oh, fast hätte ich die Zeit vergessen, die Mittagspause ist um. Ich muß jetzt wieder in den Laden. Hans ist gerade bei einem Kunden und bespricht die Lieferung von Platten und Spezialitäten für ein großes Fest.

Grüße bitte die Kinder!

Die beigelegten Naschereien sollen sie sich teilen. Aber die Pralinen sind nur für Dich. Die Zigarren sind natürlich wieder für Deinen Vater. Grüße ihn bitte von mir.

Mit einer herzlichen Umarmung grüßt Dich

Deine Lilli

Tagebucheintrag 3.7.1945

Wie soll ich das nur aushalten, Erich hat sich die ganze Nacht übergeben. Ich habe kein Auge zugetan und auch die Kinder haben nicht geschlafen. Ich habe sie heute zu Hause behalten. Marie und Hildchen waren mir eine große Hilfe. Jetzt haben wir die gesamte Wäsche gewaschen. Wir haben Glück, es regnet heute nicht und bei dem Wind wird auch alles heute abend trocken sein. Aber so kann es nicht weitergehen, die Kinder brauchen ihren Schlaf. Ich werde, sobald ich heute von den Ranfts zurückkomme, Erichs Bett in die Küche stellen und den Tisch und die Stühle dafür in unseren Raum. Bisher habe ich mich dagegen gewehrt, weil ich den Geruch nicht in der Küche haben wollte, aber inzwischen ist er sowieso überall, und so können die Kinder vielleicht mal wieder eine Nacht durchschlafen. Seit mehreren Tagen war der Arzt nicht mehr da, aber bei seinem letzten Besuch hat er gesagt, er könne jetzt nichts mehr tun.

»Jetzt muß Ihr Mann es alleine schaffen«, hat er gesagt.

Die Eiterbeulen sind inzwischen auch wirklich alle aufgegangen und wieder verkrustet. Nicht eine hat sich dank der Kamillenbäder entzündet. Trotzdem ist Erich immer noch in einer Art Dauerschlaf. Manchmal macht er kurz die Augen auf, aber ich glaube, er erkennt uns nicht. Häufig phantasiert er, doch es ist kaum zu verstehen, was er sagt. Nur ab und zu ist ein Name zu erkennen. Er merkt auch immer noch nicht, wann er seine Notdurft verrichten muß, es ist als habe man ein erwachsenes Neugeborenes. Wenn ich ihm Suppe oder Brei einflöße, ißt er alles begierig, ohne wirklich zu wissen, was er da tut. Frau

Scheßel von nebenan sagt, ich solle froh sein, viele seien noch in russischer Gefangenschaft gelandet, und hätte mein Mann nicht desertiert, wäre er noch nicht wieder da. Ich habe deutlich ihren Vorwurf gespürt. Gott möge mir verzeihen, wo ich doch so für seine Rückkehr gebetet habe, aber manchmal bin ich wirklich verzweifelt.

Den Kindern sage ich jeden Tag das genaue Gegenteil: Wie froh wir sein können, daß ihr Vater wieder zurück ist und daß alles wieder gut wird. Wenn ich doch nur selbst daran glauben könnte.

Tagebucheintrag vom 16.7.1945

Jetzt ist Erich drei Wochen wieder zu Hause und heute hat er das erste Mal die Augen aufgemacht und er hat mich erkannt. Ein Lächeln ist über sein Gesicht gehuscht und er hat kurz meine Hand gedrückt.

Ich weiß gar nicht, was ich denken soll, die letzten Wochen waren so hart. Nicht eine Nacht, in der ich nicht mindestens einmal das Bettzeug wechseln mußte. Und auch wenn ich gerne zu den Ranfts gehe, ist die Arbeit sehr hart. Wenn im Haushalt nichts zu tun ist, schickt mich die alte Frau Ranft auch zum Ausmisten, aufs Feld oder in den hauseigenen Gemüsegarten. Herr Ranft ist sehr großzügig, aber leider ist er immer nur kurz da, bevor ich gehe, um mich zu begrüßen und mir ein Paket mit Lebensmitteln auf meine Jacke zu legen. Ohne diese Lebensmittel hätte ich Erich nicht so weit gebracht. Wenn ich ihn ansehe, glaube ich zu erkennen, daß er im Gesicht ein wenig zugenommen hat. Auch die Rippen scheinen nicht mehr so hervorzutreten. Jetzt glaube ich das erste Mal an Erichs Genesung.

Brief von Eva an Lilli vom 15. März 1938

Liebe Lilli,

danke für Dein Paket. Die Kinder haben sich so sehr gefreut und Marie hat gefragt, wann wir wieder zu Tante Lilli zum Baden fahren.

Stell Dir vor, ich habe Erich erwischt, wie er von meinen Pralinen genascht hat. Erst habe ich mich gewundert und hatte die Kinder in Verdacht, als ich merkte, es fehlt eine Praline, aber die haben gesagt, sie seien es nicht gewesen. Da dachte ich natürlich, ich habe mich geirrt.

Auf die Idee, Erich könnte welche von Deinen Pralinen stibitzen, bin ich gar nicht gekommen. Aber als Erich seinen letzten Gang über den Hof zum Klo gemacht hatte, hörte ich es in der Diele knistern und wie ich aufstehe, sehe ich doch Erich, wie er sich eine von meinen Pralinen in den Mund steckt. Ich habe gehüstelt. Wie der sich erschreckt hat? Fast hätte er die schöne Praline ausgespuckt. Und weißt Du, was er gesagt hat? Dies seien aber leckere Pralinen und er habe sich gerade gefragt, ob wir uns solch teure Leckereien überhaupt leisten können. Als ich ihm darauf geantwortet habe, die Pralinen sind von Dir, hat er nur geantwortet:

»Ich dachte, die seien schon längst alle gewesen«, und er ist dann ohne ein Wort schnell ins Bett gegangen. Ist das nicht lustig?

Stell Dir vor, im Moment bin ich für vier Tage alleine zu Hause. Erich ist in Österreich. Erst gab es eine große Feier bei Bauer Ranft, nachdem Österreich jetzt wieder zu uns gehört. Und während der Feier hat Herr Ranft gesagt: »Da müssen wir jetzt hin.«

Ich glaube, er war etwas angetrunken, aber am nächsten Morgen hat er Erich abgeholt. Sie sind zusammen mit dem Auto nach Hamburg und von da ging es per Zug nach Wien. Erich macht jetzt richtig vier Tage Urlaub und alles bezahlt Bauer Ranft. Aber Erich ist auch so fleißig, er hat sich das verdient.

Morgen kommt er wieder, ich bin so gespannt, was er berichtet.

Zwischen Vater und Frau Trapp scheint es wirklich ernst zu sein. Ich habe sie vor ein paar Tagen, als ich mal früh raus mußte, heimlich aus Vaters Tür schlüpfen sehen. Bald müssen sie es dann aber doch offiziell machen, sonst gibt es wirklich Gerede.

Liebe Lilli, was der Arzt zu Dir gesagt hat, tut mir so unendlich leid. Du bist so tapfer. Aber wer weiß, manchmal irren auch die Herren Doktoren und bis dahin verwöhn nur ordentlich dein Patenkind. Es ist deswegen übrigens vor ein paar Tagen Hildchen zu mir gekommen, warum sie nicht auch eine Tante Lokolade hat. Die große betont natürlich immer, die Schokolade kommt von meiner Tante. Ich sag dann immer, als Geschwister teilt man und so genügt es, nur eine solche Patentante zu haben. Das hat Hildchen dann beruhigt.

Was ich nicht verstehe, wie Du darüber nachdenken kannst, ob Du ein Automobil haben möchtest. Ich würde sofort eines nehmen. Laß Dich doch von Hans verwöhnen, er macht es gerne und Du hast es verdient.

Ich soll Dir ganz liebe Grüße von Vater ausrichten, eigentlich müßte es ihm ja peinlich sein, aber weil er Dich solange kennt, nimmt er die Zigarren gern.

Von den Kindern einen dicken Kuß. Das Bild, das beiliegt, hat Marie gemalt. Es soll ein Hund sein, sie hofft wahrscheinlich, Du würdest ihr einen schenken. Auch wenn ich ihr immer wieder sage, wir haben keinen Platz für einen Hund.

»Aber es gibt doch auch kleine Hunde«, sagt sie dann immer.

Ehrlich, ich hätte ja auch eigentlich gar nichts dagegen, aber für Erich muß ein Hund groß sein, das Haus bewachen und keinesfalls gehört er ins Haus.

Ich wünsche Dir einen schönen Sommer.

Vielleicht schaffst Du es ja, uns bald besuchen zu kommen, dann aber mit dem neuen Automobil, ja?

Ich umarme Dich

Deine Eva

Brief von Lilli an Eva vom 17. November 1938

Liebe Eva,

es tut mir leid, wie lange ich mich nicht mehr gemeldet habe. Aber ich wußte vor Arbeit nicht aus noch ein. Ich habe neben dem Laden für ein halbes Jahr wieder bei Herrn Burmeister gearbeitet. Der hatte eine echte Notlage, denn seine Sekretärin ist ganz plötzlich wegen Krankheit ausgefallen. Da es gerade nicht einfach ist, Ersatz zu finden, hat er mich gebeten, ihm zu helfen. Er hat meinen damaligen Lohn fast um die Hälfte erhöht. Hans-Georg und ich konnten das Geld gut gebrauchen, wo wir doch auch noch die Wohnung gekauft hatten und ich Hans-Georg mein Auto nicht ausreden konnte. Aber ich bin doch froh, jetzt eine Nachfolgerin zu haben, so finde ich jetzt endlich Zeit, Dir zu schreiben.

Wie sehr habe ich mich über das Bild von Marie gefreut. Ich habe es sofort zum Rahmen gebracht. Und wie? Mit meinem neuen Auto. Es ist hellblau, ein kleiner DKW. Du hattest Recht, warum sollte ich darauf verzichten? Und es macht so viel Freude mit diesem kleinen Wagen zu fahren. Überall kommt man durch. Es ist viel leichter zu fahren als der Große. Also, ich habe das Bild rahmen lassen und jetzt hängt es im Laden, Du weißt, an der Wand direkt neben der Kasse. Ich bin inzwischen schon oft darauf angesprochen worden und fast alle haben erkannt, daß es ein Hund sein soll. Wir überlegen jetzt, ob wir uns einen kleinen Hund anschaffen sollen, vielleicht einen Pudel. Der könnte während der Geschäftszeiten ja gut hinten in dem privaten Bereich des Ladens und auf dem Hof sein. Dann wäre ich nicht alleine, wenn Hans Platten ausliefert oder Ware holt. Hans-Georg ist noch nicht ganz überzeugt, aber wenn ich ihn noch ein wenig beknie, bekomme ich ihn bestimmt rum. Doch manchmal denke ich, wie kann ich mir darüber Gedanken machen, wo doch jetzt die Gewalt losbricht. Überall in Hamburg haben sie jüdische Geschäfte zerstört und die SS hat Juden aus ihren Häusern geholt und sie weggebracht. Auch unseren Nachbarn Herrn Rosenthal hat es getroffen. Du weißt, der erste Anlaß für den Streit zwischen Erich und Hans-Georg. Auch ihn haben sie abgeführt. Seine Frau sagt, er wird wohl in ein Lager gebracht, so haben sich die SS-Männer geäußert und sie sollen dabei gelacht und gesagt haben:

»Jetzt kommst du zu deinesgleichen.«

Das ist so schrecklich. Frau Rosenthal ist nur davongekommen, weil ihr Mann sie als Frau Schmidt angesprochen hat und gesagt hat, sie solle jetzt Feierabend machen. Hans hat der armen Frau geraten, ins Ausland zu gehen und er hat ihr etwas Geld angeboten. Wir wissen nicht, ob sie es getan hat, aber seitdem haben wir sie und ihre Kinder nicht mehr gesehen. Es ist schon seltsam. Es geht alles wieder seinen gewohnten Gang, nur daß das Geschäft von Herrn Rosenthal ausgebrannt ist. Hans und ich überlegen ernsthaft, auch unser Geschäft zu verkaufen, um ins Ausland zu gehen. Hans hat eine entfernte Verwandte in England. Sie meint, sie habe genug Platz und für den Übergang könnten wir dann bei ihr wohnen. Mittellos wären wir ja nicht. Aber es fällt mir so schwer,

Hamburg, den Laden, meine Mutter und vor allem Dich und die Kinder zu verlassen.

Liebe Eva, ich werde Euch bald besuchen.

Mit dem Päckchen verfahre wie immer. Pralinen für Dich, Tabakwaren für Deinen Vater, Schokolade für die Kinder.

Mit einer liebevollen Umarmung grüßt Dich
Deine Lilli

Brief von Eva an Lilli vom 16. Dezember 1938

Liebe Lilli,
Du hast mir mit Deinem letzten Brief wirklich Angst gemacht. Jetzt wo wir uns wieder haben, kann ich mir gar nicht vorstellen, dich nach England zu verlieren. Was die schlimmen Vorkommnisse betrifft, die hat es bei uns nicht gegeben. Ehrlich gesagt, ich weiß aber auch gar nicht, ob es Juden bei uns gibt. Natürlich habe ich Berichte über den Mord des Juden an diesem von Rath gelesen, aber ehrlich, hier war davon nichts zu spüren. Natürlich hat Erich wieder über die Juden geschimpft, aber das tut er eigentlich schon, seitdem er in der Partei ist. Dabei kennt er, glaube ich, auch keinen von denen. Was mir Angst gemacht hat, ist viel mehr, wenn Erich über die Tschechoslowakei geredet hat. Er sagt, wir lassen unsere Brüder in der Tschechoslowakei nicht im Stich und wenn wir das Gebiet nicht freiwillig bekommen, wendet der Führer Gewalt an. Schließlich sind wir jetzt wieder wer. Ich weiß ja nicht, ob wir im Recht sind, aber ich hoffe sehr, es gibt auch weiter keinen Krieg. Auch wenn Erich immer sagt, wie stark wir jetzt wieder sind. Hat es nicht auch so im letzten Krieg geheißen? Vater hat uns immer davon erzählt, wie der Kaiser allen den Krieg erklärt hat, weil er sich so stark gefühlt habe. Und wie sehr er selbst bis zu seiner Verwundung daran geglaubt habe. Aber Du kennst ja Vaters Kriegsgeschichten. Ich möchte jedenfalls nicht zusehen, wenn mein Erich in den Krieg ziehen muß. Er wäre doch einer der ersten, der sich freiwillig meldet. Wer weiß, ob er dann so viel Glück hätte wie Vater, oder ob es ihm wie Deinem Vater erginge.

Liebe Lilli, umso mehr bitte ich Dich, bleibe hier, was sollte ich denn ohne Dich machen? Und hast Du früher im Geschäft zu mir nicht immer gesagt, so schlimm wird es schon nicht kommen? Schon für die Kinder hoffe ich sehr, es bleibt alles wie es ist. Wir haben doch ein so schönes Leben. Und nicht alle haben es so gut. Vater hat mir gestern erzählt, Anna, meine kleine Schwester, hätte ihm erzählt, ihr Mann trinke öfter zu viel. Einmal habe er sie auch schon geschlagen, als sie ihn darauf angesprochen habe. Kannst Du Dir das vorstellen? Rainer, der liebe Rainer, wie nett ist der doch immer gewesen. Und der ist doch sogar ein Beamter. Ich kann mir das wirklich kaum vorstellen. Ich hoffe nur, es gibt kein Gerede, da würden es vielleicht auch die Kinder auf der Straße mitbekommen. Das möchte ich auf keinen Fall. Anna tut mir natürlich leid, ich werde sie in den nächsten Tagen einmal besuchen, vielleicht kann ich ihr irgendwie helfen.

Liebe Lilli, ich will nicht vergessen, Dir für Dein großzügiges Paket zu danken. Du verwöhnst nicht nur die Kinder, sondern auch Vater und mich. Er läßt Dir wieder seinen Dank ausrichten. Die Pralinen, die du geschickt hast, sind noch köstlicher als die letzten. Und Du wirst es nicht glauben! Erich hat es wieder getan. Ich habe die Stücke immer genau abgezählt, und weißt Du, jeden zweiten Tag fehlt eine. Er ist inzwischen vorsichtiger, aber er kann es nicht lassen. Ich konnte es natürlich auch nicht lassen, ihn zu ärgern. Ich habe ihm erzählt, wir haben ein Problem, unsere Kinder würden stehlen und lügen. Du kannst Dir vorstellen, wie er reagiert hat:

»Das geht natürlich nicht, da hilft nur durchgreifen mit aller Härte!«

Erst als er das losgeworden ist, hat er mich gefragt, was die Kinder denn gestohlen hätten. Da habe ich ihm von den entwendeten Pralinen berichtet.

»Es kann ja gar keine andere Lösung geben als die Kinder. Es war niemand in der Wohnung und Du würdest freiwillig nie eine von Lillis Pralinen essen«, habe ich zu ihm gesagt und was er für eine harte Bestrafung vorschlagen würde. Da ist er wirklich rot geworden, das habe ich sogar im Nachttischlampenlicht erkennen können. Also hat er gesagt, so schlimm fände er das gar nicht, so etwas hätte er auch getan, als seine Mutter noch lebte. Kinder müßten auch einmal Unfug treiben,

sonst seien es keine richtigen Kinder, und wir sollten sie nicht darauf ansprechen, sondern ihnen ihr Geheimnis lassen. Danach war er richtig atemlos. Ich habe ihm natürlich zugestimmt, aber ich wußte es und er wußte, daß ich es wußte. Ich glaube, ich bin an diesem Abend wirklich mit einem Lächeln eingeschlafen.

Die Kinder lassen Dich natürlich ganz lieb grüßen und Marie hat gesagt, Du sollst Deinem Mann sagen, er soll Dich ganz doll an ihrer Stelle drücken. Ist das nicht süß?

Liebe Lilli, ich vermisse Dich sehr, vielleicht erlaubt das Geschäft ja bald einen Besuch von Dir bei uns.

Mit einer liebevollen Umarmung

Deine Eva

Tagebucheintrag 20.6.1945

Heute morgen ist das Wunder geschehen. Erich war klar und hat gesprochen. Gleich nachdem die Kinder aufgestanden waren, ist er wach geworden und hat nach mir gerufen. Wir saßen gerade in unserem Raum am Tisch. Es war fast, als hätte jemand uns allen den Atem genommen. Keiner von uns hat gewagt, ein Geräusch zu machen, wer weiß, vielleicht war es ja doch nur wieder eine Täuschung. Erst als das Rufen mit Nachdruck wiederholt wurde, begannen die Mädchen durcheinanderzureden. Ich hatte alle Mühe, sie zu beruhigen und sie daran zu hindern, gleich in die Küche zu laufen. Ich bin zunächst alleine gegangen und es war wirklich kaum zu glauben. Er hat mich umarmt und gesagt:

»Eva, ich bin zurück.«

Ich mag es kaum schreiben, aber die Umarmung war so ungewohnt. Ich habe mich gleich wieder von ihm gelöst. Glücklicherweise hatte ich eine Ausrede:

»Da warten noch ein paar Personen, die dich unbedingt sehen und mit dir reden wollen.«

Es war fast so als hätte er sie vergessen:

»Die Kinder, natürlich, die Kinder.«

Zuerst habe ich die Großen zu ihm gelassen. Es war gut, bis zu dem Moment, als Marie die Tränen nicht mehr zurückhalten konnte. Wie barsch auf einmal seine Stimme wurde:

«Da gibt es nichts zu weinen, ich bin doch wieder zu Hause«, hat er sie angefahren.

Die Kinder waren richtig erschrocken. Ich habe sie dann wieder mit aus dem Raum genommen. Am liebsten hätte ich die Kleinen jetzt nicht zu ihm gelassen, aber er bestand darauf. Also ließ ich sie zu ihm und das ist wirklich gut gegangen. Die Kleinen scheinen ihm wirklich Freude zu machen.

Aber auch sie habe ich trotzdem nicht lange bei ihm gelassen, ich habe gemerkt, wie sehr ihn das Reden noch anstrengt. Jetzt schläft er, es ist ein Glück, daß heute Sonntag ist. Ich hoffe, die Großen werden heute noch einmal eine Unterhaltung mit ihm haben, die nicht so endet wie die erste. Ich weiß sonst gar nicht, wie ich sie morgen mit ihm alleine lassen soll.

Brief von Lilli an Eva vom 21. Dezember 1938

Liebe Eva,

fürs erste brauchst Du Dir keine Sorgen zu machen. Noch sind Hans und ich nicht so weit, Deutschland zu verlassen. So etwas muß gut vorbereitet sein und geht nicht von heute auf morgen. Allerdings hat Hans-Georg geplant, Anfang des nächsten Jahres seine Cousine für eine Woche zu besuchen. Er will sich ein Bild machen, welche Möglichkeiten es für uns in England gibt, ein neues Auskommen zu finden. Hans spricht ja schon sehr gut Englisch. Ich nehme gerade Abendstunden bei einer pensionierten Lehrerin, die noch vor dem ersten Weltkrieg für drei Jahre in England gelebt hat. Sie sagt, in dem Teil von Cornwall, in dem sie gelebt hat, gab es zu ihrer Zeit fast nur Landwirtschaft. Aber das ist ja nun über zwanzig Jahre her und Hans' Cousine wohnt weiter nördlich, an der Ostküste in York. Aber wie gesagt, bisher ist es nur eine Möglichkeit, um vielleicht diesen Leuten zu entgehen. Wegen der Sudetendeutschen wird es jetzt ja gewiß keinen Krieg mehr geben. Hitler hat ja die Gebiete bekommen, die er haben wollte. Das stand sehr groß in der Zeitung. Ich hoffe nur, er ist jetzt zufrieden und er hält sich an die Versprechen, die er in München gegeben hat.

Liebe Eva, als ich Deine Zeilen über Anna und ihren Mann gelesen habe, bin ich richtig wütend geworden. Wieso kann ein Mann einfach seine Frau schlagen? Reicht es aus, daß er stärker ist? Ich hoffe sehr, Dein Vater und auch Du habt Anna dazu geraten, ihren Mann zu verlassen. Wenn du mich fragst, jemand, der einmal eine Frau geschlagen hat, der tut es auch wieder. Was für ein Glück, daß Deine Schwester mit diesem Mann noch keine Kinder hat. Sprich doch einmal mit Erich, ist es in seinen Augen nicht undeutsch, eine Frau zu schlagen, kann er als arischer Mann nicht diesem Kerl einmal klar machen, wie man eine Frau behandelt?

Bei behandeln fällt mir Dein lieber Vater ein. Was macht denn seine Romanze? Ist er schon auf Freiersfüßen?

Ich glaube, ehrlich gesagt, ja nicht daran, aber ich finde es auch nicht schlimm, wenn er glücklich ist. Laß doch die Leute reden. Ich glaube, es ist ein bißchen so wie bei uns im Laden. Immer zur selben Zeit treffen sich die gleichen Stammkunden bei uns im Laden. Meist natürlich Frauen. Es ist fast so, als seien sie miteinander verabredet, auch wenn mindestens eine von ihnen immer ausruft:

»Sie auch hier? Was für ein Zufall.«

Was ich aber meine, es ist dann so wie in einem kleinen Dorf. Es gibt immer ein Thema, das gerade aktuell ist. Eine Zeitlang war es die Vertreibung unseres jüdischen Nachbarn, dann war es die vermeintliche Affäre des für unseren Bereich zuständigen Pastors mit einer Postangestellten und jetzt ist es gerade die Weltreise einer dieser Damen mit ihrem Mann, die regelmäßig Postkarten an eine von ihnen aus immer einem anderen Teil der Welt schickt. Aber was ich sicher dabei gelernt habe, wenn es keine Veränderungen oder neuen Geschichten in einer Affäre gibt, wenden sich die Damen einer neuen Geschichte zu. Ich glaube, so wird es auch mit Deinem Vater sein. Erst werden alle etwas empört sein, aber dann ist es bald nicht mehr interessant.

Ich hoffe, es geht Dir und den Kindern gut, drücke sie bitte ganz fest von mir. In nächster Zeit werde ich es leider nicht schaffen, Euch zu besuchen. Aber spätestens im neuen Jahr sehen wir uns bestimmt.

Mit dem Paket verfahre wie immer.

Ich umarme Dich

Deine Lilli

Brief von Eva an Lilli vom 23. Dezember 1938

Liebe Lilli,

es ist sehr beruhigend für mich, von Deiner Absicht, Deutschland noch nicht so bald zu verlassen, zu hören. Inzwischen mache ich mir auch keine Sorgen mehr wegen eines Krieges, denn Erich spricht jetzt wieder mehr von dem Erfolg des Führers und weniger von Krieg. Seit drei Monaten sagt er immer wieder, England und Frankreich hätten sich dem Willen des Führers in München gebeugt. Vielleicht waren wir ja dann auch doch im Recht.

Bleibt nur noch Vater, aber der macht uns jetzt doch Sorgen. Er will einfach nicht auf mich hören. Ich habe mit Engelszungen auf ihn eingeredet, aber er ist ein rechter Dickkopf. Weder will er die Frau Trapp ehelichen, noch ist er bereit, den Verkehr mit ihr einzuschränken. Er sagt, sie seien beide erwachsen und das Ganze gehe mich rein gar nichts an. Natürlich habe ich ihn auf den guten Ruf der Familie aufmerksam gemacht. Stell Dir vor, was er geantwortet hat:

»Liebe kann nicht verkehrt sein und wenn die Leute reden wollen, sollen sie es tun.«

Leider ist es bei uns nicht so wie bei Dir im Laden, hier im Dorf vergißt man solche Sachen nicht. Irgendwann ist Vater der verrückte Alte, der sich noch im hohen Alter eine Geliebte angelacht hat. Und weißt Du, ich glaube, auch das wäre ihm egal. Er macht mir wirklich Sorgen.

Dafür gibt es gute Neuigkeiten von Anna.

Ich habe Dir ja in meinem letzten Brief von Anna und ihrem Mann berichtet. Es tut mir leid, wenn Du Dich deswegen so erregt hast, denn die Sache ist aus der Welt. Ich habe mit Anna gesprochen und sie hat mir erzählt, Rainer hat sich mit einem Blumenstrauß bei ihr entschuldigt. Danach haben sie sich dann ausgesprochen und Rainer hat versprochen, nicht mehr so viel zu trinken, wenn Anna sich nicht wegen jedem kleinen Glas Bier so aufregt. Anna ist jetzt wieder glücklich und das mit dem Schlagen war wohl auch nicht so schlimm. Anna hat mir inzwischen selbst erzählt, es war nur ein kleiner Klaps und Rainer hat das auch bestimmt nicht böse gemeint. Ich habe gerade das Gefühl, alles, na ja bis auf Vater, wendet sich zum Besseren.

Den Kindern geht es gut. Sie waren ganz begeistert von den neuartigen Kaubonbons mit der klebrigen Kirschfüllung. Auch ich habe sie probiert und fand sie prima. Erich mopst immer noch regelmäßig von meinen Pralinen, es ist fast so, als sei er froh, jetzt den Kindern die Schuld geben zu können. Inzwischen nimmt er sich täglich mindestens eine. Die goldumwickelten mit Alkohol immer zuerst. Ich habe mir schon überlegt, ihn zu fragen, ob es ihm nichts ausmache, wenn unsere Kinder Alkohol trinken. Ich habe es aber nicht gemacht, denn wenn ich ehrlich sein soll, freut es mich, wenn er Pralinen von Dir ißt und ich möchte ihm den Spaß daran auch nicht verderben. Vater läßt Dir wieder seinen Dank ausrichten. Von den Kindern soll ich Dir sagen, sie haben Dich lieb. Sie sind schon ganz aufgeregt wegen Weihnachten. Die Fotografie der Kinder, die ich beigelegt habe, hat Bauer Ranft mit seiner Kamera auf einem Kinderfest gemacht. Alle Eltern, bei denen ein Elternteil in der Partei ist, haben zwei Wochen später mit der Post zwei Abzüge bekommen. Den Aufdruck NSDAP Quickborn oben auf der Pappe kannst Du ja einfach abschneiden.

Ich wünsche Dir und Hans-Georg ein schönes Weihnachtsfest.
Ich freue mich sehr, Dich im neuen Jahr zu sehen.
Mit herzlicher Zuneigung
Deine Eva

Tagebucheintrag 21.7.1945

Es ist alles gut. Gerade bin ich nach Hause gekommen und Marie und Hildchen haben mir berichtet, ihr Vater habe fast die ganze Zeit geschlafen. Nur einmal hat er Marie gerufen und etwas Wasser verlangt. Es scheint, er hat das erste Mal die leere Milchflasche für seinen Urin benutzt, denn sie steht halbvoll neben seinem Bett. Ich hatte sie ihm noch auf die Kiste, die ich als Nachttisch benutze, gestellt. Ich habe nichts gesagt, aber er hat es auch so verstanden. Es wird wohl noch viele Tage dauern, bis er in der Lage sein wird, die Treppen und dann den Weg über den Hof zum Klo zu gehen. Aber dies ist ein Anfang. Wann er das erste Mal den Eimer benutzen kann, weiß ich nicht, aber ich hoffe, es wird bald so weit sein. Mein Vorrat an neuen Stoffresten geht langsam dem Ende entgegen und die Benutzten sind bald vom Waschen zu ausgefranst. Die Kleinen haben schon geschlafen, als ich gekommen bin und auch die Großen habe ich sofort ins Bett geschickt. Heute ist es sehr spät bei den Ranfts geworden. Herr Ranft mußte wegen der Ernteergebnisse nach Hamburg und die alte Bäuerin hat mich einfach nicht gehen lassen. Immer, wenn ich mit einer Aufgabe fertig war, wartete schon die nächste auf mich. Jetzt habe ich das Paket, das sie für mich bereitgelegt hatte, geöffnet, es ist sehr karg. Ein paar Kartoffeln, die werden nicht einmal für eine Mahlzeit reichen und ein Kanten altes Brot. Mehr war nicht darin. Ich bin froh, wenn ihr Sohn morgen wieder das Paket für mich fertig macht. Ich bin so müde, aber ich mußte noch einen Moment sitzen, um mir meine Gedanken zu machen. Ich hoffe auf eine ruhige Nacht.

Tagebucheintrag 22.7.1945

Habe heute nacht kaum ein Auge zugemacht. Erich hat mich gleich, nachdem ich ins Bett gegangen bin, gerufen. Er wollte den Eimer benutzen. Endlich. Doch leider ist er noch schwächer, als ich gedacht habe; so ist es gelungen, ihn auf den Eimer zu bringen, aber er konnte sich nicht alleine abstützen und er ist mit dem Eimer zusammengebrochen. Es ist ein Segen, die scharfen Kanten des zerdrückten Zinkeimers haben Erich nicht verletzt. Ihn wieder auf das Bett zu hieven war dann eigentlich keine schwere Aufgabe. Er wiegt ja noch immer kaum etwas. Aber seine Ungeduld machte die Sache dann doch etwas schwierig. Erich war wütend. Er hat mich gefragt, ob ich nichts Besseres für ihn hätte. Erst ist mir nichts eingefallen, doch dann hatte ich die richtige Idee. Ich habe den alten Einmachtopf von Mutter, den ich selbst im Krieg vor den Metallsammlern versteckt gehalten habe, vom Dachboden geholt. Wie unheimlich es dort oben in der Nacht ist. Aber die Mühe hat sich gelohnt, Erich war zufrieden und der Topf ist stabil genug. Das Reinigen ist etwas schwierig, weil der Topf so groß und so schwer ist, aber wenn mir dafür die Windeln erspart bleiben, bin ich sehr dankbar. Jetzt schläft er, die Kinder sind in der Schule und ich habe einen ruhigen Moment.

Brief von Lilli an Eva vom 20. März 1939

Liebe Eva,

wie sehr habe ich mich über das Bild Deiner Engel gefreut. Du kannst Dir vorstellen, was ich getan habe. Noch am gleichen Tag bin ich zu unserem Fotografen gefahren und habe mir einen Rahmen anfertigen lassen. Gestern konnte ich ihn abholen. Jetzt hängen die beiden Mäuse über dem gemalten Bild von Marie. Zwei Kundinnen haben mich schon gefragt, ob eine von ihnen die Künstlerin ist. Es ist so schön, Euch zu haben, umso schwerer fällt es mir, Dir diese Zeilen zu schreiben. Hitler hat es wieder getan, er hat das Protektorat Böhmen und Mähren gegründet. Auf fremdem Land und glaube mir, liebe Eva, hierfür gibt es keine Rechtfertigung mehr. Hans und ich glauben nicht mehr daran, er könne irgendwann zufrieden sein. Und auch England glaubt nicht mehr daran. Hans-Georg liest regelmäßig englische Zeitungen, die er von unserem englischen Lieferanten mitgeschickt bekommt und er sagt, sie bereiten ihr Volk schon auf einen Krieg vor. Keiner glaubt jetzt mehr Hitler und seinen Leuten, wenn sie Versprechungen machen und vom Frieden reden. Deswegen ist unsere Entscheidung gefallen: Hans und ich werden nach England gehen.

Ich habe Hans-Georg heute morgen zum Flughafen gebracht. Ich glaube, er müßte jetzt schon bei seiner Cousine angekommen sein. Jetzt, wo wir uns entschlossen haben, scheint es doch schneller zu gehen, als ich es geglaubt habe. Vorgestern war einer unserer Lieferanten bei uns, der in Altona auch einen Lebensmittelladen besitzt. Er war ganz interessiert, als wir ihm erzählt haben, daß wir verkaufen wollen, und nachdem er unsere Bücher und unseren Umsatz gesehen hat, war er ganz begeistert. Nächste Woche hat er ein Gespräch mit seinem Bankdirektor, und wenn der keine Einwände hat, macht er uns ein Angebot. Ich kann es kaum glauben, wenn alles gut geht, werden wir Deutschland noch dieses Jahr verlassen.

Mutter wollten wir mitnehmen, aber sie hat sich geweigert:

»Einen alten Baum verpflanzt man nicht«, hat sie gesagt. Ich kann sie natürlich verstehen. Weißt Du, am liebsten würde ich Dich und die Kinder mitnehmen. Wenn das doch nur ginge. Aber wir sind ja nicht aus der Welt und wer weiß, wenn sich die Lage beruhigt hat und Hitler nichts

mehr zu sagen hat, kommen wir ja vielleicht wieder. Auf jeden Fall werde ich Euch noch besuchen, bevor wir fahren. Ich will mich auch noch von Deinem Vater persönlich verabschieden. Ich hoffe, es geht ihm weiter so gut. Päckchen so wie immer.

Umarme die Kleinen von mir.
Mit einem liebevollen Gruß
Deine Lilli

Brief von Eva an Lilli vom 25. Mai 1939

Allerliebste Lilli,
Du willst Deutschland also tatsächlich verlassen. Liebe Lilli, es fällt mir immer noch schwer, das zu glauben, auch wenn ich Euch verstehen kann. Erich ist seit der Gründung dieses Protektorats ganz aus dem Häuschen, er spricht nur noch davon.

»Gegen den Führer sind alle machtlos, der wird es noch allen zeigen. Und die Engländer sollen sich nur in acht nehmen, es gibt keinen Krieg, den wir mit dem Führer nicht gewinnen.«

Sollte es Krieg geben, bin ich natürlich froh, wenn Ihr in Sicherheit seid. Um Erich mache ich mir große Sorgen, es scheint wirklich, er wartet nur darauf, in den Krieg zu ziehen. Ich habe ihn gefragt, ob er nie die Geschichten von Vater gehört hat. Aber er hat nur abgewunken und gesagt, die hatten ja auch keinen Führer und er hat mich gefragt, ob ich nicht sehe, was der Führer für das Volk jetzt schon alles geleistet habe. Ich habe dann nichts mehr gesagt, es hätte sonst nur Streit gegeben. Vater sagt, er könne Euch gut verstehen und wenn er noch jünger wäre, würde er glatt mit Euch gehen. Es ist so sonderbar; in der Zeitung und rings um mich herum sind alle bester Stimmung, alle bejubeln den Führer so wie Erich und haben keine Angst vor einem Krieg. Vater und Du, Ihr scheint eine Ausnahme zu sein. Es ist, als wenn ihr den Verstand verloren habt oder alle anderen. Das Merkwürdige ist, ich glaube, es sind alle anderen, die nicht mehr recht wissen, was richtig und falsch ist. Aber was soll ich tun? Ich kann nicht einfach gehen. Ich muß hier weiterleben. Ich muß auch an die Kinder denken und natürlich an Erich. So hoffe ich, Ihr irrt Euch, und es wird doch alles ein gutes Ende nehmen. Ich freue mich jeden Tag über die Kinder und lebe unser Leben. Und da gibt es genug Dinge, die mir Sorgen bereiten. Vater hat es geschafft. Im ganzen Dorf wird über ihn und seine Freundin getuschelt. Frau Barns vom Bäcker hat mich sogar angesprochen und mir gesagt, wie schwer ich es doch mit meinem Vater habe. Erst wollte ich ihr richtig die Meinung sagen, doch dann habe ich an das gedacht, was Du mir geschrieben hast und habe nur ergeben genickt. Vielleicht ist es ja wirklich besser, ihnen nicht noch weiteren Gesprächsstoff zu geben. Leider habe ich noch eine schlechte Nachricht. Vorgestern habe ich Rainer am hellichten Tage aus der Gaststube kommen sehen und sein Gang war schwankend. Ich habe es Anna nicht erzählt. Die Arme tut mir leid.

Was immer eine Freude ist, sind die Kinder, sie werden fast von Tag zu Tag größer und nie sind sie ungehorsam. Auch wenn Hildchen schon ihren eigenen Kopf hat. Oft fragt sie nach, wenn ich ihr etwas verbiete, warum sie etwas nicht darf. Das kenne ich von Marie nicht. Manchmal habe ich das Gefühl, Marie ist die Jüngere, auch wenn sie einen halben Kopf größer als Hildchen ist. Beide lassen Dich natürlich grüßen. Und auch Vater läßt wieder seinen Dank für die ausgezeichneten Zigarren ausrichten. Du bist wirklich so großzügig.

Ich umarme Dich
Deine Eva

Brief von Lilli an Eva vom 30. Mai 1939

Liebe Eva,
ich habe Dir ja von Hans-Georgs Reise nach England berichtet. Er ist wohlbehalten wieder zu Hause angekommen. Was er zu berichten hatte, war ernüchternd. York ist viel kleiner als Hamburg und sehr ländlich. Ein Geschäft wie unseres ist dort nicht vorstellbar. Hans ist während der Woche dort viel herumgereist. Womit sich dort vielleicht Geld verdienen läßt, ist der Verkauf von modernen landwirtschaftlichen Geräten. Hans sagt, was er in den vorhandenen Niederlassungen gesehen hat, ist sehr weit hinter dem zurück, was in Deutschland üblich ist. Mit den richtigen Verbindungen könnte man dort sicher etwas machen. Das setzt aber voraus, daß es keinen Krieg gibt. Aber wegen dieser Befürchtung wollen wir ja nach England,

also hat er noch eine zweite Möglichkeit geprüft. Er sagt, es gäbe dort viele kleine Bauernhöfe, die alle kaum genug fürs Leben der Besitzer abwerfen. Wenn man mehrere dieser kleinen Höfe kaufen würde und zu einem großen zusammenlegen würde, wäre das eine Möglichkeit, billiger als die kleinen Höfe zu sein. Und auch der Einsatz größerer Geräte würde sich dann lohnen. Hans sagt, die Bauern dort machen noch fast alles mit der Hand. Aber sag mal ehrlich, kannst du Dir vorstellen, ich als Bäuerin? Morgens melken, abends misten. Ich weiß wirklich nicht, ob das was für mich ist. Hans meint, wir hätten ja auch noch die Möglichkeit, wenn wir erst da seien, in eine größere Stadt, vielleicht sogar nach London zu ziehen. Dort gibt es natürlich ganz andere Aussichten, ein Geschäft zu eröffnen. Aber bis es soweit ist, scheint es wohl noch etwas zu dauern. Die Bank unseres Lieferanten ist zwar grundsätzlich bereit, ihm zu helfen, aber vorher wollen sie noch eingehend unsere Bücher prüfen und der Herr Bankdirektor will unserem Geschäft persönlich einen Besuch abstatten. Unser Lieferant hat gesagt, die Bank wird sich in den nächsten vier Wochen bei uns melden. Jetzt sind seitdem zwei Wochen vergangen und bisher haben wir noch nichts gehört. Ich meine, wir sollten einmal nachfragen, aber Hans hat gesagt, das würde den Eindruck erwecken, wir müßten dringend verkaufen und das drückt den Preis. Du weißt wie ungeduldig ich bin, für mich ist dieses Warten eine Qual. Manchmal möchte ich Hans-Georg anschreien, wenn er so gelassen bleibt. Aber ich weiß natürlich, er hat viel mehr Erfahrung in diesen Dingen und es wäre unfair, ihm die Schuld zu geben, aber trotzdem.

In der Zwischenzeit beschäftige ich mich mit Vorbereitungen. Wie viel Gepäck nehmen wir mit, lagern wir unsere Möbel ein oder verkaufen wir sie? Das Mitnehmen wäre eindeutig zu teuer und fürs erste hätten wir bei Cousine May auch keinen Platz für sie.

Ist es Dir recht, wenn ich Euch Anfang August besuchen komme? Vielleicht am 5. August, das ist ein Samstag. Bis dahin habe ich alles geplant, was für unsere Abreise wichtig ist. Ich hoffe nur, wir können auch verkaufen, nicht daß unser Käufer oder die Bank noch nein sagen.

Liebe Eva, was Du mir über die Begeisterung der Bevölkerung für Hitler schreibst, ist hier in Hamburg nicht ganz so zu spüren. Im Laden hören wir häufiger hinter vorgehaltener Hand:

»Der wird uns doch wohl nicht in einen Krieg führen?«

Oft sind es gerade die Frauen von angesehenen Persönlichkeiten, die sich solcherart äußern. Vielleicht gibt es ja auch bei Euch den einen oder anderen, der gegen diese Politik ist, aber wer traut sich schon, das öffentlich zu sagen? Ich hoffe nur für Dich und die Kleinen, daß bald alle und besonders Erich merken, wie falsch dieser Weg ist.

Ich wollte in meinem letzten Brief nicht noch einmal darauf eingehen, aber ich habe nicht an die Wandlung Rainers geglaubt. Du kennst ja meine Einstellung zu gewalttätigen Männern. Sie muß diesen Mann unbedingt verlassen. Stell Dir vor, wir haben gestern die Aufforderung bekommen, einen Ariernachweis vorzulegen. Ich weiß von einigen unserer Kundinnen, die auch diesen Abstammungsnachweis erbringen mußten, aber deren Männer waren Parteianwärter. Ich vermute, irgendjemandem hat unsere Nase nicht gepaßt. Jetzt muß ich mich auch darum noch kümmern. Du kannst Dir vorstellen, wie ich mich darauf freue. Aber so kurz vor unserer Abreise will ich keinen Ärger. Ich höre gerade einen Lastkraftwagen auf den Hof kommen, wir bekommen Ware.

Also umarme die Kleinen und grüße Deinen Vater.

Mit herzlicher Zuneigung

Deine Lilli

Tagebucheintrag 26.7.1945

Erich hat heute verlangt, mit seinem Bett wieder in unserem Raum zu schlafen. Ich habe ihm versucht klarzumachen, wie genierlich es für die Mädchen sei, wenn ich ihn auf den Topf heben muß, aber er hat darauf bestanden. Er hat offenbar überhaupt kein Schamgefühl mehr. Heute abend, wenn ich von den Ranfts komme, werden wir es also tun. Wir werden Erich auf einen Stuhl setzen, ich werde ihn festhalten und die Mädchen tragen das Bett zurück in unseren Raum. Ob Erich die Schritte von der Küche zum Bett mit meiner Hilfe schafft? Ich weiß es nicht. Hoffentlich müssen wir ihn nicht tragen. Wie ich mich immer wieder schäme, diese Dinge aufzuschreiben. Aber alles hat sich geändert. Heute hat er mir das erste Mal über die Wange gestreichelt, als ich mich über ihn gebeugt habe, um die volle Urinflasche von der Kiste zu nehmen. Ich bin zusammengezuckt, fast hätte ich die Flasche fallen lassen. Ich habe ihm gesagt, ich sei so schreckhaft, seit auch bei uns die Flieger, die aus Hamburg kamen, Restbomben bei uns abgeworfen haben. Es war eine Lüge, ich habe mich vor diesen rauen, aufgesprungenen Händen geekelt. Ich weiß, es ist unrecht, er ist doch mein Mann.

Wie sehr habe ich es früher geliebt, wenn er mir über die Wangen gestreichelt hat. Warm und weich waren seine Hände und immer gepflegt, trotz seiner harten Arbeit.

In zehn Minuten ist es drei und die Kinder kommen gleich aus der Schule. Um vier muß ich dann bei den Ranfts sein. Ich weiß nicht, wie ich das alles aushalten würde ohne die Stunden auf dem Hof.

Brief von Eva an Lilli vom 13. August 1939

Liebe Lilli,

es ist furchtbar, heute nacht hat es auf einmal bei uns geklopft. Erich hat sofort geglaubt, es gehe um einen Einsatz und war mit einem Sprung aus dem Bett. Ich durfte nicht zur Tür gehen, das schicke sich nicht, wenn es dienstlich ist. Für das Volk und den Führer muß man immer im Dienst sein. Wie schnell er in seiner Uniform und an der Tür war. Du kannst Dir vorstellen, wie überrascht ich war, als er genauso schnell mit den Worten »für dich« zurück war. Es war Anna; sie saß nur mit einem Regenmantel über dem Nachthemd bei uns im Wohnzimmer. Als ich dann das Licht angeschaltet hatte, sah ich die ganze Gemeinheit. Ihr ganzes Gesicht war angeschwollen und das rechte Auge konnte sie nicht einmal aufmachen. Ich habe nichts gesagt, sie einfach nur in den Arm genommen. Sie hat geweint wie früher, wenn sie zu mir ins Bett gekommen ist, weil sie einen bösen Traum gehabt hatte. Leider war dies kein Traum. Sie hat einen Brief vom Amt geöffnet, in dem Rainer die Kündigung angedroht wurde, wenn er noch einmal unentschuldigt dem Dienst fernbleibt oder er seinen Dienst noch einmal in alkoholisiertem Zustand antritt. Als Rainer nach Hause gekommen ist, hat sie ihn darauf angesprochen. Rainer ist dann gleich ohne ein Wort zu sagen wieder gegangen. Aber als er dann spät zurückkam, hat er sie beschimpft, wie sie es wagen könne, seine Briefe zu öffnen. Und dann hat er sie geschlagen. Anna sagt, sie ist gestolpert und gegen eine Stuhlkante gefallen. Rainer hat sich dann einfach abgewandt und ist ins Bett gegangen. Ist das nicht fürchterlich? Natürlich habe ich ihr dann auch gesagt, sie müsse Rainer verlassen. Erst wollte sie nicht. Aber ich habe ihr immer wieder gesagt, er würde sich nicht bessern. Ein Mann, der so etwas einmal tut, hört damit nicht auf. Und schließlich hatte sie es eingesehen. Da habe ich sie in Vaters Wohnung gebracht, der schläft ja kaum noch hier, aber ich habe einen Schlüssel. Ich war so froh. Bis es am nächsten Morgen früh wieder bei uns geklopft hat. Dieses Mal bin ich gleich zur Tür und es war Rainer. Ich habe ihm sofort die Tür vor der Nase zugeschlagen. Da hat er noch einmal geklopft, ich habe noch einmal geöffnet und dieses Mal habe ich ihm so richtig die Meinung gesagt. Was für ein Mann er sei, und daß Anna nie wieder zu so einem wie ihm zurückkehren werde. Gerade wollte ich ihm wieder die Tür vor der Nase zuschlagen, da ist Erich gekommen und hat ihn hereingebeten. Ich konnte es nicht glauben, ich habe ihm gesagt, was für einer Rainer sei. Aber Erich ist hart geblieben und hat mich zu den Kindern geschickt. Die waren natürlich wach geworden und wollten wissen, was passiert ist. Ich habe ihnen gesagt, der Onkel Rainer und die Tante Anna hätten sich gestritten, so wie auch sie das manchmal tun. Ich konnte ihnen doch nicht die Wahrheit sagen. Und dann kam Erich ins Zimmer:

»Alles wieder gut«, hat er gesagt. Ich konnte es nicht glauben, er ist mit Rainer zu Anna gegangen und Rainer hat versprochen, er würde es nicht wieder tun und das war es. Und Erich hat den beiden versprochen, er würde ein gutes Wort beim Amtsstubenleiter für Rainer einlegen, das sei ein Parteifreund von ihm. Schließlich sei es ja eine Familienangelegenheit. Du wirst es nicht glauben, er war stolz auf seine Leistung!

»So etwas kommt in den besten Familien vor«, hat er gesagt.

Ich war so böse auf Erich, aber er hat wirklich nicht verstanden warum.

Später habe ich dann mit Vater darüber gesprochen. Der hat mir erzählt, es war mit gestern nacht schon das vierte Mal, daß Anna wegen dieser Sache bei ihm war. Aber jedes Mal ist sie zu Rainer zurückgekehrt, obwohl er ihr seine Wohnung angeboten habe. Für ihn ist die Sache erledigt, Anna ist groß und er kann sie nicht zwingen, Rainer zu verlassen. Am liebsten würde er natürlich Rainer verprügeln, aber dafür sei er zu alt.

Über Erich hat er nur gesagt:

»Der kann nicht aus seiner Haut.«

Ich weiß nicht genau, wie er das gemeint hat, aber auch wenn ich noch ein wenig sauer auf Erich bin, muß Anna wirklich selber entscheiden, was sie tut.

Liebe Lilli, bei dieser ganzen Geschichte will ich nicht vergessen, Dir zu sagen, wie schön Dein Besuch bei uns war. Die Kinder reden immer noch jeden Tag von der riesigen Schokoladentorte, die Du mitgebracht hast. Selbst Erich hat ein Stück davon gegessen, obwohl er wußte, daß sie von Dir ist.

Ich bete für eine gute Reise für Euch.

Es umarmt Dich

Deine Eva

Brief von Lilli an Eva vom 6. September 1939

Liebe Eva,

es ist vorbei. Unsere ganzen schönen Träume sind in sich zusammengebrochen. Alles war bereit. Wir hatten am 2. September den Notar-Termin. Für unsere großen Möbel hatte Hans-Georg schon einen Lagerraum angemietet, alle unsere Sachen waren in Kartons verstaut. Fertig für die Abreise. Herr Lehmann, das war der Käufer unseres Ladens, hat gesagt, alles, was wir aus unserer Wohnung nicht brauchen würden, sollten wir einfach stehen lassen, darüber würden wir uns dann auch noch einig werden. Es war alles geplant, direkt nach dem Notar-Termin sollten die Schlüssel für den Laden übergeben werden und die Wohnung am 15. morgens. Für den 15. um 12 Uhr hatte Hans unsere Überfahrt gebucht.

Hitler ist an allem schuld. Nachdem er Polen am ersten dieses Monats den Krieg erklärt hat, ist Herr Lehmann am 2. morgens zu uns gekommen und hat das Geschäft abgesagt. Er hat es zwar nur aufgeschoben, wie er es nannte. Jetzt wo es wahrscheinlich einen großen Krieg geben wird, hat er gesagt, wolle er erst einmal die Entwicklung abwarten und wir könnten doch vielleicht zu einem späteren Zeitpunkt ins Geschäft kommen. Aber was bringt uns das noch, jetzt wo England mit Deutschland im Krieg ist, können wir nicht mehr nach England ausreisen.

Hans ist ganz verzweifelt, er würde am liebsten versuchen, das Geschäft trotzdem zu verkaufen und nach Südamerika ziehen. Ein ehemaliger Geschäftspartner aus seiner Zeit als Prokurist, ein Jude, ist vor zwei Jahren ausgewandert und Erich hat noch Kontakt zu ihm. Er sagt, der würde uns bestimmt für die erste Zeit aufnehmen. Aber ich kann mir das nicht vorstellen, es ist mir einfach zu weit weg. Hans ist sehr lieb, er drängt mich nicht, obwohl ich spüre, wie gerne er auch diesen Schritt wagen würde. Das Gute an der Sache ist, Ihr bleibt mir erhalten. Wenn wir jetzt schon drüben in England gewesen wären, hätten wir uns wahrscheinlich nicht einmal mehr schreiben können. Jetzt bleibt alles wie es ist, bis auf den Krieg. Wie haben sie bei Euch die Kriegsnachricht aufgenommen? Nach Erich muß ich wohl nicht fragen.

Es ist ein komisches Gefühl, es ist Krieg und doch ist wieder al les wie vorher. Ich muß die Lagerbestände kontrollieren, Bestellungen aufnehmen und abends packen Hans und ich unsere Kartons wieder aus. In drei Tagen werden unsere Möbel von einer Spedition aus dem Lagerraum in unsere Wohnung zurückgebracht. Bitte verzeih, dieses Mal habe ich keine Zeit gehabt, ein Päckchen zu packen, so habe ich nur schnell einen Zigarrenkarton genommen und mit dem Brief verpackt.

Sag den Kindern, ich schicke ihnen alsbald Schokolade. Ich hoffe, es geht ihnen gut.

Ich umarme Dich
Deine Lilli

Brief von Lilli an Eva vom 8. September 1939

Liebe Eva,
seit meinem letzten Brief sind erst zwei Tage vergangen, aber das muß ich Dir schreiben. Stell Dir vor, was gestern geschehen ist: Morgens um sieben, kurz nachdem wir geöffnet hatten, sind zwei Männer in unseren Laden gekommen. Gleich als sie reingekommen sind, hatte ich ein komisches Gefühl. Sie sind dann im Laden rumgegangen, haben alles genau betrachtet und wollten dann aber nur zwei Schachteln Zigaretten haben. Ich war schon froh, als sie sich zum Gehen gewandt haben, da haben sie sich umgedreht, uns angeschaut und gefragt, ob

wir das Ehepaar Marten seien. Erst haben wir nicht geantwortet, ich weiß nicht, ob aus Überraschung oder aus Trotz, denn der Ton der beiden klang alles andere als höflich. Da haben die beiden ihre Ausweise herausgezogen: »Geheime Staatspolizei«, haben sie wie im Chor gesagt. Einer meinte: »Wir haben da einige Fragen an sie«, während der andere den Laden abgeschlossen hat und das »Geöffnet«-Schild umgedreht hat. Ich habe gemerkt, wie aufgebracht Hans war und ich habe ganz schnell seine Hand genommen und ganz doll gedrückt. Ich habe dann gesagt:

»Lassen Sie uns doch nach oben in unsere Wohnung gehen, da ist es gemütlicher.«

Die beiden hatten nichts dagegen. Kaum haben wir oben gesessen, hat einer angefangen, uns Fragen zu stellen. Warum wir nach England ausreisen wollten, und ob es uns im Dritten Reich nicht gefiele. Hans war großartig, nichts war mehr von seiner Wut zu spüren, als er ihnen erzählte, wir wollten nur für ein oder zwei Jahre nach England gehen, um Geschäfte zu machen. Danach wollten wir auf jeden Fall zurückkehren, deswegen haben wir ja auch unsere Möbel nicht verkauft, sondern in einem Lagerraum untergestellt. Das hat sie überzeugt, aber erst, nachdem sie die Quittung über die Anmietung eines Lagerraumes und die Terminbestätigung der Spedition über die Rücklieferung der Möbel gesehen hatten. Ich bin dem Schicksal so dankbar, daß wir unsere Möbel nicht verkauft haben. Zum Schluß haben sie uns noch gefragt, warum wir nicht in der Partei seien, und ob wir den Führer nicht unterstützen wollen. Sie haben zwei Formulare dagelassen.

Ehrlich Eva, ich weiß nicht, ob ich in meinem Leben schon einmal so viel Angst gehabt habe. Ich habe uns schon gesehen, wie sie uns abführen. Hans sagt, sie müssen alle Passagierlisten überprüft haben und vermutlich bei uns wegen der großen Menge an Frachtraum erkannt haben, was wir vorhaben. Wenn wir doch noch auswandern sollten, nur mit geringem Gepäck und nicht ohne Rückfahrtschein, das ist unauffälliger. Die haben ihre Augen und Ohren wirklich überall. Deswegen auch der Absender, ich weiß nicht, ob es Dir aufgefallen ist, als Absender habe ich Mutters Namen und ihre Adresse angegeben. Wer weiß, ob sie uns nicht noch auf dem Kieker haben. Bitte schicke Deine Briefe ab jetzt auch an Mutter, ich sehe sie ja jeden Sonntag.

Es umarmt Dich eine noch etwas verängstigte
Lilli

Tagebucheintrag 4.8.1945

Endlich habe ich wieder einmal die Kraft, meine Gedanken aufzuschreiben. In den letzten Tagen hat Erich wirkliche Fortschritte gemacht. Er schafft es inzwischen fast ohne Hilfe, auf den Topf zu gehen. Die Kinder scheinen es weniger schlimm zu finden als ich. Für mich ist es immer noch kaum zu ertragen, wenn ich ihm aus dem Bett und auf den Topf helfen muß. Seit ich ihn dabei nicht mehr festhalten muß, kann ich mich inzwischen währenddessen wenigstens abwenden. Aber Erich scheint das nicht zu passen, denn seitdem klingt seine Aufforderung, ihm zu helfen, wieder ins Bett zu kommen, wenn er fertig ist, immer verärgert. Vielleicht spürt er meine Abscheu. Aber was kann er denn von mir erwarten? Ich tue doch alles für ihn. Wie soll ich ihm erklären, welche Gefühle ich habe? Daß er mir fremd ist.

Die Versuche, die ich gemacht habe, mit ihm über seine Flucht oder über den Krieg zu sprechen, hat er grob unterbrochen. Gestern habe ich den letzten Versuch gemacht, als ich bei ihm auf dem Bett saß, um ihm die wieder aufgegangenen Verletzungen zu reinigen. Als ich davon angefangen habe, hat er sich abrupt umgedreht und mich fast vom Bett gestoßen. Was für eine Wut in seinen Augen war. Seitdem habe ich nichts mehr dazu gesagt. Doch irgendwann muß er doch darüber sprechen, über das, was uns bis hierher gebracht hat.

Brief von Eva an Lilli vom 20. September 1939

Liebe Lilli,
was für Nachrichten. Natürlich freue ich mich, Dich weiter bei mir zu wissen, aber für Dich finde ich es unendlich traurig. Für uns alle ist natürlich dieser Krieg so furchtbar, aber wie gerne hätte ich Dich in Sicherheit gewußt. Wie gerne würde ich Dir anderes berichten, aber Du hast natürlich recht, Erich war gleich Feuer und Flamme. Wollte sich

sofort freiwillig melden. Meine Bitte, sich nicht zu melden, hat er nur mit der Bemerkung abgetan, der Führer brauche ihn jetzt. Als ich versucht habe, ihn an seine Aufgabe als Vater zu erinnern, ist er richtig böse geworden, seine Kinder könnten wenigstens stolz auf ihn sein. Und dann ist er gegangen. Es ist dann aber doch anders gekommen, denn Bauer Ranft hat ihm gesagt, es gäbe im Augenblick genügend Kämpfer und Hitler brauche ihn jetzt hier, um für die Ernährung des Heeres zu sorgen. Auf ihn hat er dann gehört. Seitdem ist Erich aber sehr unleidlich, nur wenn er im Radio die Erfolgsmeldungen hört, hellt sich seine Stimmung kurz ein wenig auf. Mir ist das egal, wenigstens ist er noch hier und kann nicht fallen, denn trotz aller Erfolgsmeldungen haben die anderen auch Waffen.

Was Du mir über Euren Besuch geschrieben hast, ist wirklich angsteinflößend. Wie gut es für Dich ist, so einen klugen Mann geheiratet zu haben. Mich hätten sie bestimmt mitgenommen, weil ich nichts zu meiner Verteidigung zu sagen gehabt hätte. Bei uns ist es übrigens wie bei Euch, noch merkt man gar nicht, daß Krieg ist. Nur ein paar Burschen aus dem Dorf sind von Bauer Ranft in einer kleinen Feier vor den Amtsgebäuden verabschiedet worden. Die Mütter und die Frauen dieser Burschen haben alle geweint, wahrscheinlich ist es auch ihnen nicht gelungen, ihre Söhne und Männer von diesem Schritt abzuhalten. Oft frage ich mich, was das eigentlich mit diesem Hitler ist, warum sind so viele so von ihm begeistert? Schließlich ist er doch auch nur ein Mensch. Natürlich, es geht uns allen gut, aber jetzt ist Krieg. Was finden denn alle so gut daran? Erich kann ich das nicht fragen. Vater ist hier momentan mein einziger Vertrauter. Er hat gesagt, es ist wie damals mit dem Kaiser. Keiner hat mehr nachgedacht, alle haben geglaubt, er wisse es am besten und mit Hitler sei es genauso. Vater läßt Dich übrigens schön grüßen und seinen herzlichen Dank ausrichten. Die Kinder haben sich natürlich recht gefreut, als sie gehört haben, Tante Lilli bleibt. Sie lassen Dich ganz lieb grüßen.

In herzlicher Zuneigung
Deine Eva

Brief von Lilli an Eva vom 3. Oktober 1939

Liebe Eva,

schon wieder habe ich nichts Gutes zu berichten. Es ist gerade, als ob ein Fluch auf uns lastet. Eben hatte noch in der Zeitung gestanden, es werden für den Polenfeldzug nur die Jahrgänge 15 bis 17 eingezogen, da hatte Hans einen Einberufungsbefehl in der Post. Erst dachten wir, es handele sich um einen Irrtum. Hans ist noch am gleichen Tag zum zuständigen Amt für unseren Einzugsbereich gegangen. Erst hat es so ausgesehen, als wäre es wirklich ein Irrtum gewesen. Der Beamte am Schalter bestätigte Hans, daß eigentlich nur die Jahrgänge 15 bis 17 eingezogen werden. Er müsse aber, bevor er diesen Einberufungsbefehl zurücknehme, erst seinen Vorgesetzten fragen. Der war dann leider nicht mehr so freundlich. Er hat Hans gefragt, ob er irgendwelche Einwände hätte, für Führer und Vaterland ins Feld zu ziehen. Hans ist gar nicht darauf eingegangen, sondern hat ganz höflich gefragt, warum er denn eingezogen worden sei, wo er doch nicht unter die Jahrgänge falle, die in der Zeitung genannt worden sind.

Sie können nicht nur junges Gemüse an der Front gebrauchen, und er habe Abitur und sei deswegen ein Anwärter auf einen höheren Posten. Darauf solle er stolz sein und zum Schluß hat er ihm noch gesagt, man sollte sich eben nicht bei der Gestapo unbeliebt machen.

Alles nur wegen einer Passage nach England und der Anmietung von etwas mehr Frachtraum als normal. Schon morgen muß sich Hans-Georg um 2 Uhr nachmittags in einer Kaserne in Hamburg melden. Ich habe Angst vor morgen, ich weiß gar nicht, was ich ihm sagen soll. Ich bin selber zu verzweifelt, ihm Zuversicht vorspielen zu können.

Für den Laden hat Hans-Georg eine weitere Aushilfe eingestellt. Was das betrifft, mache ich mir aber auch keine Sorgen. Das schaffe ich. Heute abend wollen wir noch einmal ausgehen. Hans-Georg hat einen Tisch bestellt. Es wird ein trauriger Abend werden.

So, jetzt ist die Mittagspause gleich zu Ende, ich muß Hans wecken, er hat sich zu einem Mittagsschläfchen hingelegt. Er hat gesagt, wer weiß, wann er wieder dazu kommt. Jetzt fange ich schon wieder an zu weinen.

Liebe Eva, küsse bitte die Kleinen von mir und grüße Deinen Vater. Päckchen wie immer.

Es umarmt Dich
Deine Lilli

Tagebucheintrag vom 16.8.1945

Erich ist heute das erste Mal mit meiner Hilfe von unserem Raum in die Küche gegangen. Er wollte sich an den Tisch setzen. Seit er alles bei sich behält, verträgt er auch unseren Muckefuck. Davon haben wir genug, es gab letztes Jahr so viele Eicheln und die Kinder haben fleißig gesammelt. Nur einmal sind sie erwischt worden und mußten ihre Eicheln bei der Sammelstelle als Tierfutter abgeben. Die restlichen habe ich mit Getreide geröstet. Inzwischen glaube ich fast, unser Muckefuck schmeckt wie Kaffee.

Erich spricht immer noch nicht. Wenn er etwas sagt, sind es Anweisungen an mich oder die Kinder. Marie und Hildchen haben sich schon bei mir ausgeweint, sie haben gesagt, er ist so gemein. Sie sagen immer nur »er«, wenn sie über ihn sprechen, »Vater« schaffen sie nicht zu sagen. Ich kann sie nur zu gut verstehen. Wann immer sie etwas tun, geht es ihm nicht schnell genug, es ist nicht ordentlich oder sie sind zu laut. Ich habe ihnen gesagt, wir müssen Geduld haben, ihr Vater habe viel durchgemacht, aber es ist immer noch ihr Vater. Hildchen, natürlich Hildchen, war damit nicht einverstanden. Es sei nicht der Vater, den sie kenne, er sieht nicht so aus und er benimmt sich auch nicht so. Ich habe sie zur Ordnung gerufen, was soll ich auch anderes tun.

Einen Lichtblick gibt es, an den beiden Kleinen scheint er einen Narren gefressen zu haben. Sie hat er bisher noch nicht angeschimpft, und wenn ich ihnen eine Arbeit gebe, sagt er immer, das kann eine von den Großen tun. Heute, als sie nach Hause gekommen sind, hat er sie sogar gefragt, wie es in der Schule gewesen sei. Die Kleinen haben ihm alles erzählt und es schien ihm Freude zu bereiten. Sie haben keine Angst vor ihm. Ich habe sie nach einer Zeit dann doch in die Küche zum Hausaufgabenmachen geschickt. Vielleicht ist das ein Anfang.

Brief von Eva an Lilli vom 5. Oktober 1939

Meine liebe arme Lilli,

es hat mich so traurig gemacht, was Du mir geschrieben hast. Erst die Sache mit England und dann die Einberufung von Hans-Georg. Wirklich, wenn ich mit Vater über Hitler spreche, achte ich immer ganz genau darauf, ob nicht die Tür geht, wer weiß, wenn Erich kommt und einen seiner Kameraden bei sich hat. Erich ist wieder besserer Stimmung, er sagt, mit dem Polenfeldzug sei ja noch lange nicht alles vorbei und er werde schon noch zum Zuge kommen. Es ist mit ihm über kaum etwas anderes zu sprechen. Er ist der Meinung, er sei zwar noch unabkömmlich, aber Ortsgruppenleiter Ranft, so nennt er Bauer Ranft jetzt, sage, wenn die wirklich großen Aufgaben kämen, würde er ihn gehen lassen. Er ist wie in einem Fieber, er arbeitet härter und länger als je, alles für Führer, Volk und die Kameraden an der Front, so sagt er immer.

Bei uns läuft den ganzen Tag der Rundfunkempfänger, selbst wenn Erich nicht da ist, will er ihn in Betrieb haben. Damit ich keine Siegesnachricht verpasse. Doch sobald er aus dem Hause ist, schalte ich ab. Was macht es auch für Sinn, ihn laufen zu lassen, wenn ich weiter weg bin, höre ich ja doch nichts. Und ich will auch keine Meldungen hören. Ein paar Mal habe ich vergessen, den Apparat wieder rechtzeitig anzuschalten, bevor Erich nach Hause gekommen ist. Das hat wirklich Ärger gegeben. Ich schalte ihn aber trotzdem weiter ab. Denn auch jede Siegesmeldung bedeutet doch, irgendwo in einem anderen Land sind Mütter und Ehefrauen, die ihre Söhne und Männer wegen diesem Sieg verloren haben. Auch hier im Dorf ist es einer Mutter schon so ergangen, ihr Sohn ist von einem Granatsplitter getroffen worden. Dabei heißt es doch im Rundfunk immer, die siegreiche deutsche Armee habe keine Verluste erlitten. Der Ortsgruppenführer persönlich ist zu ihr gegangen und hat ihr die Nachricht überbracht. Sie soll tatsächlich gesagt haben, er sei für Führer und Vaterland gestorben und sie sei stolz auf ihn. Sowas spricht sich hier ja schnell herum. Kann eine Mutter so etwas wirklich denken?

Liebe Lilli, eigentlich wollte ich Dich doch aufmuntern, aber der

Krieg ist so fürchterlich, ich bete jeden Abend für Deinen Hans. Seit Krieg ist, bete ich wieder jeden Abend. Erich glaubt ja nicht daran. Wohl das einzige, was Du mit ihm teilst. Ich aber denke jetzt immer öfter an die Worte unseres Pastors, der hat einmal in einer Predigt gesagt:

»In der Stunde der Not und im Tod finden wir zu Gott.«

Du magst nicht daran glauben, aber mich tröstet es und ich bete jetzt auch jeden Abend mit den beiden Kleinen vorm Schlafen. Erich schimpft immer, aber ich mache es trotzdem.

Den Kleinen geht es sehr gut, sie lassen Dir ausrichten, sie wollen wieder mit ihrer Tante Lilli ein Picknick machen. Dein Paket dieses Mal war mir fast unangenehm. Der leckere Likör für mich und die Zigarren und den Weinbrand für Vater. Ich will gar nicht von dem Naschwerk für die Kinder reden.

Danke, liebe Lilli, auch von Vater.

Ich umarme Dich ganz doll und wenn Du es nicht schaffst, werde ich Dich bald in Hamburg besuchen kommen.

Deine Eva

Tagebucheintrag 30.8.1945

Heute vor fünf Wochen ist Erich heimgekehrt. Und heute ist er die ersten Schritte alleine gegangen. Auf den Topf schafft er es schon seit einer Woche alleine. Ich hoffe, er macht weiter solche Fortschritte, dann kann ich in ein paar Tagen den Topf in die Küche stellen und vielleicht schafft er in zwei bis drei Wochen den Weg über den Hof. Das wäre wirklich ein Segen. Bald wird es wieder kühler und ich kann nicht mehr den ganzen Tag die Fenster geöffnet halten. Mit mir und den Großen spricht er immer noch nur das nötigste oder er schimpft die Kinder und mich an. Kein Essen hat die richtige Temperatur, es ist ihm nicht recht, wenn die Großen da sind und meist vertreibt er sie in die Küche. Wenn sie nach sechs Uhr abends hinausgehen wollen, verbietet er es. Für Mädchen in ihrem Alter sei das nicht schicklich, sich um die Uhrzeit draußen herumzutreiben. Sie sollten sich nicht einbilden, es gehe jetzt so weiter, wo er wieder da ist. Manchmal sagt er es aber auch ganz direkt:

»Eure Mutter ist viel zu weich, war sie immer, jetzt übernehme ich wieder das Regiment hier.«

Regiment. Wie sehr ich dieses Wort verabscheue. Hat er denn gar nichts begriffen?

Der Krieg ist vorbei. Manchmal wünschte ich, er wäre gar nicht zurück gekommen.

Gleich gehe ich zu den Ranfts.

Brief von Hans-Georg an Lilli vom 8. Oktober 1939

Meine geliebte Lilli,

jetzt endlich komme ich dazu, Dir zu schreiben, es geht mir sehr gut. Es ist alles wirklich bürokratisch gegangen. Erst einkleiden, dann beim Kompaniechef habe ich den Marschbefehl für den nächsten Tag bekommen. Am nächsten Morgen sind wir dann mit dem Zug Richtung Polen. Während der Fahrt habe ich die meiste Zeit geschlafen, wenn die Kameraden nicht zu laut gesungen haben. Unter den einfachen Soldaten bin ich anscheinend der älteste. Als wir an unserem Bestimmungsort angekommen sind, war alles ruhig. Überhaupt habe ich von Kampfhandlungen noch nichts gesehen oder gehört. Wir liegen in einem kleinen polnischen Dorf gar nicht weit von der Grenze entfernt. Als wir anrückten, war das Dorf bis auf ein paar Pioniere leer. Alles war ausgestorben. Unsere Aufgabe ist es, das Dorf zu sichern. Es beginnt gerade zu dämmern. Ich habe zusammen mit einem Kameraden ein Zimmer in einem Bauernhof. Er kommt aus Kiel und ist sehr nett. Es ist erstaunlich, alles hier ist sehr ärmlich, aber trotzdem sehr gemütlich hergerichtet. Ich werde mich gleich schlafen legen, denn um Mitternacht habe ich meine erste Wache. Ich muß mich bei meinem Dienst immer an den anderen orientieren, denn die haben ja schon eine zweijährige Ausbildung hinter sich. Ich habe nicht einmal eine Einweisung bekommen. Ich werde es schon schaffen, nicht aufzufallen. Gerade sitze ich auf dem Bett und frage mich, wer wohl sonst in diesem Zimmer geschlafen hat. Ich stelle mir vor, heute nacht kommt der Besitzer und fragt:

»Wer ist in mein Haus eingestiegen und wer schläft in meinem Bett?« Ganz so wie im Märchen von Schneewittchen. Ich hoffe, es geht Dir gut und Du kommst mit dem Laden zurecht. Ich weiß, Du schaffst

alles. Wer ist schon so stark wie Du? Ich bin so stolz auf Dich. Bitte mach Dir um mich keine Sorgen, hier ist alles ruhig. Bitte schicke mir nichts, der Proviant ist wirklich gut. Über einen Brief würde ich mich natürlich sehr freuen.

Meine geliebte Lilli, ich vermisse Dich sehr, ich hoffe, wir sehen uns bald wieder.

In Liebe
Hans

Brief von Lilli an Eva vom 15. Oktober 1939

Liebe Eva,
heute habe ich den ersten Brief von Hans bekommen. Er hat berichtet, er sei, gleich nachdem er sich gemeldet hat, eingekleidet worden und einem Regiment zugeteilt worden. Am nächsten Morgen sind sie dann schon mit dem Zug Richtung Polen gefahren. In Polen seien glücklicherweise aber schon alle Kampfhandlungen vorbei gewesen. Hans ist mit seinen Kameraden zur Sicherung eines Gebietes, in dem aber gerade nicht gekämpft wird, abgestellt. Ich merke Hans an, wie sehr er trotzdem unter den Umständen leidet. Ich soll Hans nichts schicken, er sagt, es ginge ihm gut und der Proviant sei vollkommen in Ordnung. Natürlich werde ich ihm von den in Schokolade getauchten Haselnüssen schicken, die er so gerne hat. Ich bin erst einmal froh, Hans in Sicherheit zu wissen. Was in den nächsten Wochen und Monaten geschieht, weiß ich nicht, aber ich gebe die Hoffnung nicht auf, Hans bald wohlbehalten wiederzusehen.

Im Laden geht alles seinen Gang, ich schaffe die Arbeit gerade so, und abends falle ich dann zu erschöpft ins Bett, um mir noch viele Gedanken zu machen. Darüber bin ich froh. Heute ist Sonntag und ich habe mich nach langer Zeit aufgerafft, Dir wieder einen Brief zu schreiben. Ich hoffe, es geht Dir und den Kleinen gut. Grüße Deinen Vater. Päckchen wie immer.

Mit einer liebevollen Umarmung grüßt Dich
Deine Lilli

Brief von Eva an Lilli vom 20. Oktober 1939

Liebe Lilli,

Dein Brief hat mich froh gestimmt. Es scheint also zu stimmen, was die im Radio sagen. Es wird den deutschen Truppen wohl tatsächlich kaum Widerstand entgegengebracht. Das habe ich mir gemerkt, so oft, wie es wiederholt wird. Vielleicht ist der Krieg dann ja doch bald vorbei. Es ist ein rechter Segen, von Hans' Unversehrtheit zu hören. Möge Gott geben, es bleibe so. Ich sehe Erich kaum noch, wenn er nicht arbeitet, sitzt er bis spät mit seinen Parteigenossen in den Amtsstuben zusammen. Und wenn er da ist, spricht er nur über die glorreichen Siege der deutschen Armee. Auch die Kinder vermissen ihn schon. Letzten Sonntag war er endlich mal einen ganzen Tag lang zu Hause, um für die rechte Erziehung der Kinder zu sorgen, hat er gesagt. Stell Dir vor, die meiste Zeit hat er damit verbracht, den beiden Großen das Horst Wessel-Lied beizubringen. Hildchen hatte es recht schnell gelernt, nur bei Marie hat es etwas länger gedauert. Erich ist schon ungeduldig geworden, aber Hildchen hat ihrer großen Schwester dann immer vorgesagt. Erich hat es gar nicht gemerkt, obwohl die beiden Kleinen dann immer gekichert haben. Für die Kinder war es ein schöner Tag, und als ich sie ins Bett gebracht habe, waren sie glücklich. Und sie haben gesagt, Vater soll auch noch gute Nacht sagen. Das haben sie seit Wochen nicht getan. Nachdem die Kinder im Bett waren, haben wir noch eine Flasche Wein getrunken und Erich hat nicht mehr vom Krieg und der Partei gesprochen. Es war fast so wie früher.

Vater geht es gut wie gewöhnlich, er scheint noch immer glücklich mit Frau Trapp zu sein. Sie ist eine wirklich nette Frau, wie ich feststellen konnte. Gestern hat Vater mich zum Kaffee mit den Kindern eingeladen. Frau Trapp hatte eine Apfeltorte gebacken. Es war ein recht vergnügter Nachmittag. Wir haben dann noch mit den Kindern Mensch ärgere dich nicht gespielt. Einmal hat Marie und einmal hat das Hildchen gewonnen. Vater hat so getan, als wenn er sich so recht darüber ärgern würde. Wir haben alle so gelacht. Nächste Woche werde ich die beiden einmal zu uns einladen und ich werde Anna auch einladen. Eigentlich hat Rainer ihr verboten, uns zu besuchen, aber sie sagt, nachmittags ist er sowieso immer in der Gastwirtschaft, jetzt wo er aus seiner Stellung entlassen worden ist. Sie hat es wirklich nicht leicht mit ihrem Mann.

Vater läßt Dir wie immer seine Grüße und seinen Dank ausrichten.

Von den Kindern einen Kuß.

Ich umarme Dich

Deine Eva

Brief von Hans-Georg an Lilli vom 12. Juni 1940

Meine geliebte Lilli,

bitte entschuldige, daß ich Dir erst jetzt wieder schreibe. Aber es ging alles Hals über Kopf. Morgens um 8 Uhr haben wir einen Marschbefehl bekommen. Abmarsch in zwei Stunden. Nach Frankreich. Du liest richtig, ich bin jetzt in Frankreich stationiert. Leider ist es hier nicht so ruhig wie in Polen. Wir sind hinter der Front, werden aber ständig von Partisanen angegriffen. Sie greifen an und schon sind sie wieder weg. Du weißt, ich hatte mir vorgenommen, nicht auf einen Menschen zu schießen, sondern immer über die Linien hinweg, aber es geht nicht, wenn ich Kameraden sichern muß. Ich weiß nicht, wie viele Menschen ich schon umgebracht habe, aber immer, wenn wir an erschossenen Franzosen vorbeimarschieren, frage ich mich, ob ich für ihren Tod verantwortlich bin.

Geliebte Lilli, es ist so furchtbar, mit niemanden darüber sprechen zu können. Fast alle Kameraden verhöhnen die Gefallenen noch und einige bestehlen sie sogar. Bei einigen bilde ich mir ein, für einen kurzen Moment Reue im Gesicht zu sehen. Doch der Augenblick ist immer so kurz, daß ich mich frage, ob ich mich geirrt habe. Ich traue mich einfach nicht, einen von ihnen darauf anzusprechen.

Leider gibt es noch eine Neuigkeit, ich bin zum Unteroffizier befördert worden. Ich kann gar nicht verstehen, wie es dazu gekommen ist. Ich habe immer versucht, mich möglichst zurückzuhalten und nicht aufzufallen. Ich vermute, sie haben mich ausgewählt, weil ich der älteste in diesem Trupp bin. Jetzt habe ich noch mehr das Gefühl, für diese grausamen Taten mitverantwortlich zu sein.

Liebe Lilli, vielen Dank für die Pralinen. Ich habe allerdings wieder nur eine selbst gegessen, die anderen habe ich verteilt. Viele bekom-

men gar keine Pakete. Am meisten freue ich mich über Deine Briefe. Wenn ich Deine Handschrift sehe und Deine Worte lese, bist Du mir so nah. Ich bin sehr glücklich, wie gut Du auch weiterhin mit dem Laden zurechtkommst. Bitte grüße Deine Mutter von mir und richte ihr auch meinen Dank für ihre Hilfe aus. Wäre es nicht sinnvoll, wenn sie ganz zu Dir ziehen würde? Ich hoffe, ich bekomme bald einmal Urlaub, ein paar Kameraden, die wie ich in Polen begonnen haben, sind gerade für eine Woche in die Heimat abgereist. Ich hoffe auf ein baldiges Wiedersehen.

In Liebe
Hans

Brief von Lilli an Eva vom 14. Juni 1940

Liebe Eva,
jetzt ist es schon so lange her, seit ich Deinen letzten Brief bekommen habe, aber ich hatte so viel zu tun. Es ist wirklich erstaunlich, aber obwohl Krieg ist, habe ich mehr zu tun als je. Du glaubst gar nicht, wie viele Feiern vor allem von der Partei ausgerichtet werden. Die wollen immer nur das Beste. Ich muß mir immer wieder selbst sagen, Lilli, halte Deinen Mund. Aber es ist doch auch zu komisch; in den Zeitungen und in dem Radio sprechen sie immer von Kriegswirtschaft und Verzicht. Schon galten alle als undeutsch, die keine deutschen Waren gekauft haben. Aber diese Herren bestellen bei mir französischen Cognac, russischen Kaviar und Leckereien aus aller Welt.

Mutter hilft mir jetzt häufig beim Herrichten der Platten und beim Ausliefern. Häufig übernachtet sie dann auch bei mir. Mir ist das sehr lieb, es ist schön, nicht immer alleine in dieser großen Wohnung übernachten zu müssen.

Hans ist inzwischen nach Frankreich abkommandiert worden. Leider ist es dort nicht so ruhig wie in Polen; sie müssen sich immer wieder gegen Partisanen zur Wehr setzten. Du hast bestimmt im Radio davon gehört. Hans ist zum Unteroffizier befördert worden, aber er ist darüber gar nicht glücklich. Er hat das Gefühl, so trägt er eine noch größere Schuld an dem, was dort passiert.

Ich versuche, Hans immer tröstende Worte zu schreiben, aber es bleibt mir nichts anderes als über den Laden und über Dich und die Kinder zu schreiben. Für etwas anderes kennt Hans mich viel zu gut.

Liebe Eva, es freut mich, Erich immer noch bei Dir zu wissen. Es ist so seltsam, er weiß gar nicht, was für ein Glück er hat. Wie gerne wäre Hans an seiner Stelle.

Grüße Deinen Vater und herze die Kinder.

Mit einer herzlichen Umarmung

Deine Lilli

Brief von Hans an Lilli vom 20. Juni 1940

Liebe Lilli,

heute war der schlimmste Tag von allen bisher. Wir haben ein paar Partisanen in einem Lager überrascht und gefangengenommen. Es waren noch ganz junge Burschen, fast noch Kinder, der älteste vielleicht gerade mal achtzehn. Und ein Mädchen war auch dabei. Du weißt ja, Partisanen sind keine regulären Soldaten. Unser Truppführer hat sich dann den ältesten von ihnen herausgesucht und ihn gefragt, wo sich der Rest versteckt hält. Als der nur auf Französisch geantwortet hat, er könne nichts verstehen, ist der Truppführer auf mich zugekommen:

»Marten, du hast doch Abitur, was hat der Franzmann gesagt?«

Ich habe es ihm übersetzt. Dann habe ich den Auftrag bekommen, ihn nach seinen Mitverschwörern, wie es der Truppführer nannte, zu fragen. Er hat sich geweigert zu antworten. Da ist der Truppführer wütend geworden und hat ihm vor meinen Augen sein Fernglas ins Gesicht geschlagen.

»Marten, du bist doch bestimmt einer der Freiwilligen, der uns von diesem Abschaum befreit.«

Das ist immer der Auftrag an einen von uns, ein Erschießungskommando aus Freiwilligen zusammenzustellen. Erst konnte ich nichts sagen, dann habe ich geantwortet:

»Ich kann das nicht, Herr Hauptmann.«

Der ist rot geworden, hat mich angesehen und gesagt, er könne mir auch den Befehl dazu geben. Als ich nicht geantwortet habe, hat er den Gefreiten Hannig angeraunzt:

»Dann machen Sie es eben wieder, Hannig.«

Danach hat er sich umgedreht und ist gegangen. Eigentlich ist Hannig ein netter Kerl, aber er sagt immer, wenn er Leute für dieses Kommando sucht:

»Meint ihr, die würden anders mit euch umgehen?«

Er braucht in der Regel nie lange nach Freiwilligen zu suchen. Teilnehmer bekommen immer eine Vergünstigung, manchmal sogar einen Tag Sonderurlaub. Ich weiß, andere Truppführer geben einen direkten Befehl aus und bestimmen das Erschießungskommando. Ich weiß nicht, was ich dann tun würde. Verweigerung hieße Befehlsverweigerung und das hieße Militärgericht. Für heute bin ich noch einmal darum herumgekommen. Aber ich habe den Hauptmann, der mir aus seiner Sicht ein Privileg zukommen lassen wollte, bloßgestellt. Ich weiß nicht, wie er darauf reagieren wird.

Lilli, ich halte es kaum noch aus, jetzt da es wahrscheinlich nichts mit meinem Urlaub wird. Ich vermisse Dich so sehr. Deine Vernunft, deine Ehrlichkeit und Dein liebes Gesicht. Liebe Lilli, bitte schreibe mir und vielleicht lege dieses Mal eine zusätzliche Portion Schokolade bei. Immer, wenn ich eine Tafel Schokolade öffne, verströmt sie diesen wundervollen Geruch, wie aus der Süßigkeitenecke in unserem Laden. Ich erzähle den Kameraden dann immer, wo im Laden die jeweilige Leckerei liegt und auf welchem Bord. Wir schwärmen dann gemeinsam von edlen Pralinen, von leckerer Pfefferminze und natürlich von den verschiedenen in Schokolade eingehüllten Nüssen. Wir träumen dann immer davon, was Du uns als nächstes schickst. In diesen Momenten ist es fast so, als wäre ich selbst dort. Den Kameraden geht es ähnlich, wenn einer einen Kuchen oder selbstgemachten Wein von zu Hause bekommt, berichten auch sie bis ins kleinste Detail, wie ihre Mütter oder Frauen dies oder jenes hergestellt haben. Auch sie sehen in diesen kurzen Momenten glücklich aus. Ich kann jetzt nicht mehr schreiben, ich werde zu traurig.

Ich liebe Dich so, der Gedanke an Dich erhält mich

In Liebe

Hans

Tagebucheintrag vom 10.9.1945

Fast ist es mir peinlich. Die Kinder und Erich schlafen und ich sitze hier vor dem Inhalt des Pakets für meine Arbeit. Heute habe ich den ganzen Tag Holz und getrockneten Torf in den Innenschuppen des Hauses für den Winter gestapelt. Inzwischen arbeite ich alleine, die alte Frau Ranft gibt mir nur die Anweisungen und ich arbeite sie eine nach der anderen ab. Frau Ranft hat seit Wochen stark mit ihrem Rheuma zu tun, sie kann mich nicht mehr überwachen. Heute hat sie mir gesagt, ich müsse unbedingt den gesamten Brennvorrat vom Außen- in den Innenschuppen bringen. Man weiß ja nie, wann es kalt wird und sie mit ihrem Rheuma brauche es dann besonders warm. Es war vier Uhr nachmittags, als ich damit begonnen habe und um zehn Uhr abends war ich immer noch nicht fertig. Wahrscheinlich hätte ich bis weit in die Nacht gebraucht, wenn nicht Herr Ranft um zehn gekommen wäre und mir geholfen hätte. Als wir dann um zwölf fertig waren, hat er mich noch auf einen Kaffee in die Küche eingeladen. Erst wollte ich ablehnen, aber er hat gesagt, wir hätten uns das jetzt verdient. Kaffee, nie hätte ich geglaubt, er meint wirklich Kaffee, echten Bohnenkaffee. Es war himmlisch, ich habe mich gefühlt wie vor dem Krieg. Bohnenkaffee mit echter Sahne und dazu ein Brot mit Erdbeermarmelade. Nie wieder schreibe ich, Muckefuck schmeckt wie Kaffee! Dabei haben wir einfach nur so geredet über den Krieg. Er hat mir erzählt, wie er den Krieg in England erlebt habe. Wie viele Freunde sich zu Beginn des Krieges von ihm abgewandt hätten. Wie er aber trotz des Krieges bleiben durfte, um weiter in der Landwirtschaft zu arbeiten.

So etwas wäre in Deutschland nicht möglich gewesen. Wie Erich damals immer von den Tommis, die nur den Tod verdient hätten, gesprochen hat.

Herr Ranft sagt, nach dem Krieg hat ihm seine Mutter geschrieben, sein Vater sei gefallen. Er müsse kommen, sonst würde der Hof von den Engländern übernommen. Da ist er gekommen und ihm hätten sie den Hof anvertraut. Jetzt ist es halb zwei und ich kann mein Glück kaum fassen. Vier Schweinepfoten und zwei Haxen und dazu noch genug Kartoffeln für eine Mahlzeit. Wie gerne hat Erich früher Swinspoten, wie er sie nannte, gegessen. Ich bin immer noch nicht müde, der Kaffee scheint mich wach zu halten. Also werde ich die Zeit nutzen und die Haxen und die Pfoten einlegen. Morgen gibt es bei uns ein Festmahl, vielleicht kann das Erich ein wenig aufheitern.

Brief von Eva an Lilli vom 12. Juli 1941

Liebe Lilli,

jetzt ist es so weit, Erich zieht ins Feld. Er sagt, jetzt wo der Führer es den Bolschewisten zeigen wird, muß auch er seinen Dienst tun. Dieses Mal hat ihn auch Herr Ranft nicht zurückgehalten. Er hat ihm sogar als Ortsgruppenleiter und als sein Arbeitgeber ein Empfehlungsschreiben mitgegeben. Morgen muß er sich in Hamburg melden, von da geht es dann direkt nach Rußland. Ich sorge mich so, aber Erich ist guter Dinge. Es scheint, als sei sein Herzenswunsch nach langem Warten in Erfüllung gegangen. Die Kinder sind verzagt, sie wollen nicht ihren Vater verlieren. Sie haben in der Schule schon viel über den Krieg gehört und was für eine Ehre es sei, für den Führer und das Vaterland zu kämpfen. Sie haben aber auch schon mitbekommen, wenn Kinder von ihren Müttern aus der Schule geholt worden sind, weil ihr Vater gefallen ist. Die Lehrer sagen dann jedes Mal, wie stolz diese Kinder auf ihren Vater, der den Heldentod gestorben ist, sein können. Hildchen hat gesagt, sie wolle nicht auf ihren Vater stolz sein, sie will ihn hier bei sich behalten. Mir sind die Tränen in die Augen gekommen, aber Erich hat nur gesagt, es gebe Dinge, die sie noch nicht verstehe und sie solle so etwas nicht sagen. Er ist dann zu seinen Kameraden gegangen, Abschied feiern, hat er gesagt, und ich solle nicht auf ihn warten. Aber heute kann ich nicht auf ihn böse sein. Ich werde auf ihn warten, wenigstens die letzten Stunden, wenn er kommt, noch mit ihm verbringen.

Erst jetzt weiß ich wirklich, wie Du Dich gefühlt hast, als Hans eingezogen worden ist, und es wird noch viel schlimmer werden, das weiß ich natürlich. Gebe Gott, unsere Männer kommen heil aus dem Krieg zurück.

Es ist schön, wenn Deine Mutter Dir aushilft und Dir Trost spendet. Ich bin so froh, auch Vater hier bei mir zu wissen. Frau Trapp ist für die Kinder eine feste Größe geworden. Oft sind sie bei Vater und spielen mit den beiden. Sie hat nie selber Kinder gehabt, aber sie hat ein genauso gutes Gefühl für Kinder wie Du.

Die Kinder vermissen Dich, oft sagen sie, wann kommt Tante Lilli uns besuchen? Ich hoffe, wir sehen uns wirklich demnächst nach so langer Zeit. Wenn Erich im Feld ist, wird das etwas einfacher werden. Dank von Vater und natürlich auch von mir für das letzte Paket.

Einen liebevollen Gruß

Deine Eva

Brief von Erich an Eva vom 15. Juli 1941

Meine liebe Ehefrau,

ich schreibe Dir, um zu berichten, welch großartiges Erlebnis dieser Einsatz für den Führer und für das Volk ist. Ich bin von den Kameraden in der Kaserne mehr als freundlich aufgenommen worden. Ich habe gehört, die Freiwilligen haben hier einen besonders guten Stand. Aber hier war ich ja nur zum Einkleiden und um endlich meinen Marschbefehl zu bekommen. Jetzt sitze ich mit ich weiß nicht wie vielen Kameraden, um endlich an die Front zu kommen. In meinem Waggon sind eher ruhigere Kameraden, denn hier wird nicht gesungen. Die meisten lesen. Aus den anderen Abteilen hört man ständig unsere Lieder. Natürlich am häufigsten das Horst Wessel-Lied, aber gleich danach singen sie meist »Die Fahne hoch«.

Am liebsten würde ich das Abteil wechseln, aber wer weiß, ob es dort noch einen Sitzplatz für mich gibt. Ich kann es kaum erwarten, an die Front zu kommen und dem Russen ordentlich einzuheizen.

So, jetzt versuche ich etwas zu schlafen, bin seit 4 Uhr in der Früh auf den Beinen.

Grüße bitte Marie, Hildchen und die Kleinen von ihrem Vater

Mit herzlichem Gruß bin ich

Dein Ehemann Erich

Brief von Erich an Eva vom 20. Juli 1941

Meine liebe Ehefrau,
ich habe es geschafft, ich bin bei den Kameraden an der Front.

Wir haben hier eine sicher ausgebaute Stellung, von der unsere Einsätze befehligt werden. Es ist wirklich unglaublich, was der Führer leistet. All diese Einsätze hat der Führer im Blick. Wir alle hier folgen nur seinen Befehlen. Ich höre gerade Granatfeuer. Das ist unsere Artillerie, die dem Iwan, so nennen hier alle den Russen, ordentlich Feuer macht. Es klingt schöner als jede Musik für mich. Beim nächsten Zug bin auch ich dabei. Jetzt kann ich noch drei Stunden schlafen. Um Mitternacht beginnt meine Wache zusammen mit meinem Kojennachbarn, Heinz Winkler, einem Bayern.

Grüße bitte Marie und Hilde und die Kleinen von ihrem Vater.
Mit herzlichem Gruß bin ich
Dein Ehemann Erich

Brief von Eva an Erich vom 1. August 1941

Mein lieber Erich,
ich habe mich gefreut, so schnell von Dir zu hören. Ich bitte Dich, sei vorsichtig auch im Namen der Kinder. Mir und den Kindern geht es gut. Ich habe gerade einen Bezugsschein für eine neue Winterjacke für Marie bekommen. Den für Hildchen haben sie abgelehnt, sie solle die Jacke von Marie auftragen. Das wird auch gehen, auf die Ellenbogen muß ich nur zwei Flicken setzen. Vater hat wieder angefangen zu arbeiten, er hilft jetzt morgens in der Bäckerei. Du weißt ja, dem sein Geselle ist auch an der Front. Vater hofft, für uns dadurch vielleicht etwas zusätzliches Brot zu bekommen. Bisher ist er aber leer ausgegangen.

Soll ich Dir vor dem Winter noch einen von Deinen warmen Arbeitspullovern schicken oder brauchst du sonst irgendetwas?

Liebe Grüße von den Kindern.
In Liebe
Eva

Brief von Erich an Eva vom 1. Oktober 1941

Meine liebe Ehefrau,

ich war heute dazu eingeteilt, von einem Beobachtungsposten mit dem Funkgerät den Vormarsch unserer Truppen an den Kommandeur durchzugeben. Am liebsten wäre ich natürlich bei den kämpfenden Kameraden, die dem Iwan ordentlich einheizen. Aber unser Funker ist von einem Granatsplitter direkt ins Auge getroffen worden. Also habe ich den Befehl bekommen, für heute die Durchsagen an den Kommandeur zu machen. Es ist eigentlich auch nicht wichtig, wo ich dem Führer diene. Es ist eine Ehre dabeisein zu können. Gestern konnten wir in einer Gefechtspause eine Rundfunkübertragung des Führers selbst hören. Er hat sich direkt an uns gewendet. Ich war so stolz. Der Kommandeur hat danach befohlen, wir sollten gemeinsam »Die Fahne hoch« singen. Es ist traurig, früher hätten wir das sofort und ohne Aufforderung getan. Aber manche von uns verstehen eben nicht das große Ziel, das wir durch Hitler haben. Es ist schon wunderbar, wie weit wir schon in so kurzer Zeit vorgerückt sind. Es ist, als würden wir unbesiegbar sein. Die paar gefallenen Kameraden fallen kaum ins Gewicht bei den Tausenden von Iwans, die wir erwischt haben. Wenn das hier so weiter geht, dauert es nicht mehr lange und die russische Armee muß sich ergeben.

Ich hoffe, zu Hause geht alles seinen Gang. Nach Deinem letzten Brief muß ich Dich eindringlich bitten, nur Bezugsmarken zu beantragen, wenn es wirklich nötig ist. Wir brauchen alle unsere Reserven für den Krieg. Ich schicke Dir ein paar Zigaretten meiner Zuteilung für Deinen Vater, die meisten gebe ich natürlich an meine rauchenden Kameraden. Wenn es Dir möglich ist, schicke mir bitte ein paar warme Socken und meinen warmen Arbeitspullover. Nicht den blauen, sondern den grünen. Und es wäre auch schön, einen Kamm zu haben.

Grüße bitte Marie, Hilde und die Kleinen von ihrem Vater.

Mit herzlichem Gruß bin ich

Dein Ehemann Erich

Brief von Hans an Lilli vom 1. November 1941

Liebe Lilli,

manchmal geschehen noch Wunder. Stell Dir vor, unser Truppführer ist nach Afrika abkommandiert worden, wegen seiner Verdienste hier, hat es geheißen. Bei dem, was man hier so über Afrika hört, werde ich zusehen, mir keine Verdienste zu erwerben. Mir rettet dieser Befehl vielleicht das Leben, denn seit dem Vorfall, den ich Dir geschrieben habe, bin ich beim Vorrücken in fremdem Gelände immer der Vorhut zugeteilt worden. Das ist meist der gefährlichste Bereich. Schon zwei Kameraden sind in den letzten zwei Wochen neben mir von Partisanen erschossen worden. Jetzt ist der Waffenstillstand schon ein Jahr alt und wir kämpfen immer noch weit hinter der ehemaligen Front.

Unser Funker, ein sehr patenter Kerl, hat dafür gesorgt, daß wir jetzt ab und an Radio hören können. Besonders wenn wir das Wunschkonzert mit den Grüßen aus der Heimat hören können, sind das schöne Momente. Dreimal war auch schon ein Gruß für einen unserer Kameraden dabei. Der letzte war allerdings sehr traurig, denn der Gefreite Sabrowski, an den der Gruß gerichtet war, war eine Woche zuvor bei einem Partisanenangriff gefallen. Das ist wirklich schlimm, aber eigentlich ist es hier ruhiger als in anderen Teilen und vor allem ruhiger als in Afrika, wo aktiv gekämpft wird. Leider habe ich gehört, daß der Krieg jetzt auch gegen Rußland geht. Ich weiß gar nicht, wo das enden soll?

Aber es gibt auch gute Nachrichten, der neue Truppführer scheint ein netter Kerl zu sein, vielleicht bekomme ich ja doch noch dieses Jahr Heimaturlaub. Wenn ich Glück habe, wird es was zu Weihnachten oder zum Jahreswechsel. Vielleicht aber auch früher.

In freudiger Erwartung
Ich liebe Dich
Hans

Brief von Erich an Eva vom 17. Dezember 1941

Meine liebe Ehefrau,

ich kann Dir voller Stolz berichten, ich bin zum Hauptgefreiten befördert worden. Ich bin nicht ganz sicher, aber ich glaube, es hängt mit unserem letzten Angriff zusammen. Mit unserem Granatfeuer haben wir die Bunker des Iwan sturmreif geschossen, und als ihre Geschütze nicht mehr geantwortet haben, bin ich mit einer Handvoll Kameraden losgestürmt und wir haben an die Bunker Sprengladungen angebracht. Einen Bunker nach dem anderen haben wir so gesprengt. Die Iwans in den Bunkern haben noch versucht, uns mit Gewehrfeuer aufzuhalten, aber nachdem ein Bunker gesprengt war, sind wir vorgerückt, ohne von ihnen gesehen zu werden. Die Bunker sind so aufgestellt, daß jeder ein Gebiet abdeckt, wenn einer weg ist, können die anderen nicht mehr alles übersehen. Die in den Bunkern müssen ganz schön geschaut haben, als es plötzlich gerumst hat.

Jetzt bin ich Hauptgefreiter und außerdem habe ich eine Woche Heimaturlaub bekommen. Erst habe ich gedacht, ich könne die Kameraden nicht im Stich lassen, aber unser Hauptmann hat gesagt, er brauche ausgeruhte Kämpfer und ich habe mir den Urlaub verdient. Du kannst mich also in einer Woche erwarten.

Grüße bitte Marie, Hilde und die Kleinen von ihrem Vater. Ich bringe Dir auch etwas mit. Was meine Sachen anbelangt, die sind hier angekommen. Bitte bereite alles, was ich an Winterwäsche habe, vor, ich will es mitnehmen, wenn ich wieder zu den Kameraden zurückkehre.

Mit herzlichem Gruß bin ich
Dein Erich.

Brief von Lilli an Eva vom 20. Dezember 1941

Liebe Eva,
jetzt muß auch mein Hans-Georg nach Rußland.

Während seines Heimaturlaubs hat er in unserem Laden an Frau Rosenthal, Du weißt, unsere Nachbarn, denen die SS 1938 ihren Laden zerstört hat, Seife verkauft. Wer es auch immer gesehen hat, er hat nicht lange gewartet. Schon am nächsten Tag hatten wir Hans-Georgs Marschbefehl an die russische Front in der Post. Noch am gleichen Tag mußte er sich in Hamburg bei seiner neuen Einheit melden, aber nicht mehr als Unteroffizier, sondern als einfacher Soldat, als Schütze Marten. Beigefügt war seine Degradierung wegen unarischen

Verhaltens. Mit der Anweisung, seine Rangabzeichen umgehend von seiner Uniform zu entfernen. Ich hatte mich so sehr auf Weihnachten mit Hans gefreut.

Für Euch ein schönes Weihnachtsfest. Ich hoffe, Du hast von Erich Besseres zu berichten.

Melde Dich doch bitte baldestmöglich
Es umarmt Dich
Deine Lilli

Brief von Hans an Lilli vom 4. Januar 1942

Liebste Lilli,
heute bin ich endlich zum Schreiben gekommen, aber es ging beim besten Willen nicht früher. Seitdem ich in Rußland angekommen bin, sind wir immer wieder umgezogen. Jedes Mal mußten wir ein neues Lager aufschlagen und das ist bei dem Schnee, der hier liegt, allein schon eine große Sache. Auf dem Weg hierher bin ich an vielen zerstörten Orten vorbeigekommen. Es ist nicht selten, einen toten Russen im Straßengraben zu sehen. Von Zeit zu Zeit sieht man noch grausamere Bilder. An Bäumen hängen bis auf die Unterwäsche entkleidete Männer und Frauen mit dem Schild »Saboteur« auf der Brust. Es ist so furchtbar. Diese Menschen haben doch nur versucht, ihre Heimat und ihre Familien zu beschützen. Ich weiß, diese Menschen sind im Recht und wir begehen hier ein Verbrechen. War es in Frankreich noch eine Ausnahme, kommt es hier manchmal fast zu Auseinandersetzungen, wenn sich Kameraden um die Habseligkeiten eines gefallenen Russen streiten.

Besonders begehrt ist warme Kleidung, denn unsere Ausrüstung ist für diese Winter nicht geeignet. Vielleicht hätte der Führer mal hierher in den Winterurlaub fahren sollen, bevor er einen Krieg mit Rußland beginnt. Ich sollte so nicht schreiben, aber ich muß irgendwie ausdrücken, was ich fühle. Bitte wirf den Brief, wenn Du ihn gelesen hast, ins Feuer. Man weiß ja nie, ob die Gestapo Dich nicht doch noch einmal besucht. Ich schreibe deswegen auch weiter an die Adresse Deiner Mutter. Ich hoffe, sie ist auch möglichst weiter viel bei Dir. Das wäre mir ein Trost. Grüße sie bitte ganz herzlich von mir. Ich vermisse Dich so sehr, ich weiß nicht was ich täte ... ohne Dich. Ich wäre so gerne Weihnachten bei Dir gewesen.

In Liebe
Hans

Tagebucheintrag 12.9.1945

Es wird von Tag zu Tag schlimmer. Ich hatte gehofft, Erich würde nach einer Zeit wieder an unserem Leben teilnehmen.

Aber ich glaube langsam nicht mehr daran. Gestern hätte er Marie fast geschlagen, noch nie hat er das getan. Dabei hatte sie nichts Unrechtes getan. An dem Tag war ein englischer Offizier bei den Kindern in der Schule und hat ihnen auf Deutsch berichtet, was Hitler alles Fürchterliches gemacht hat. Marie hat mich dann zu Hause gefragt, warum Hitler denn all diese Länder überfallen hat. Ich konnte gar nicht so schnell antworten wie Erich aus dem Bett war. Er hat sie angeschrien, sie solle nicht so über den Führer sprechen und er hatte auch schon ausgeholt. Wenn ich nicht dazwischengegangen wäre, er hätte sie geschlagen. Ich habe Marie dann rausgeschickt. Erich war danach sehr erschöpft und hat sich wieder ins Bett gelegt, aber er hat gesagt, ich solle froh sein, daß er noch nicht wieder gesund sei. Es hat wirklich wie eine Drohung geklungen. Den Rest des Tages hat er nicht mehr gesprochen und auch essen wollte er nichts. Marie hat nach diesem Vorfall sehr geweint. Ich wollte sie trösten, aber es schien mir so sinnlos, immer wieder das Gleiche zu wiederholen. Aber ich habe es trotzdem getan:

»Es ist dein Vater, er braucht einfach noch Zeit, um sich wieder an alles zu gewöhnen.«

Sie hat mich nur verständnislos angesehen. Bin ich eine schlechte Mutter, wenn ich die Kinder um Verständnis bitte? Ab jetzt muß ich die Kinder vor ihm beschützen. Ich werde die alte Frau Schulz bitten, bei den Kindern zu bleiben, wenn ich bei den Ranfts bin.

Brief von Eva an Lilli vom 6. Januar 1942

Liebe Lilli,

Dein Brief hat mich wieder so nachdenklich gemacht. Was für ein Unrecht der Hitler begeht! Viel Zeit hatte ich dafür aber nicht, denn am gleichen Tag wie Dein Brief ist Erich auf Heimaturlaub gekommen. Du weißt ja, ihm kann ich damit nicht kommen. Erich ist wie immer, er erzählt die ganze Zeit, wie gut alles ist. Und auch den Kindern erzählt er von der Front und von der guten Kameradschaft. Die Kinder haben ihm gespannt zugehört. Nur einmal habe ich fast einen Schock bekommen, da hat das Hildchen gefragt, ob sie nicht auch Menschen erschießen. Aber Erich ist gar nicht wütend geworden, er hat Hildchen und Marie zu sich auf den Schoß geholt und hat ihnen erklärt, das müsse sein, sonst würden die Russen ihn erschießen. Dann hat er sie gefragt, ob sie das denn wollen. Da haben sie ihn beide umarmt und nein gesagt. Es war ein rührender Augenblick, wie er da mit unseren Töchtern gesessen hat. Liebe Lilli, unser Weihnachtsfest war wirklich schön, auch Anna war da, seit Rainer auch eingezogen worden ist, sehen wir uns wieder regelmäßig. Sie spricht nicht über sich und Rainer, aber ich habe das Gefühl, je länger er weg ist, umso besser geht es ihr. Wir alle waren so dankbar für dein Paket. Ich weiß gar nicht, wie Du diese Dinge noch immer ohne Bezugskarten an uns senden kannst. Unsere reichen hinten und vorne nicht. Es war so schön, den Kindern zum Weihnachtsfest auch ein paar Naschereien unter den Weihnachtsbaum legen zu können. Stell dir vor, Erich hat den Kindern am Heiligen Abend, als wir alle zusammensaßen, doch immer wieder das eine oder andere Stück Schokolade stibitzt. Die Kinder haben sich empört, aber gleichzeitig über ihren vernaschten Vater gelacht. Auch Vater ist sehr froh gewesen über eine zusätzliche Ration Tabak. Inzwischen raucht er sogar die Zigarrenstubben in seiner Pfeife auf. Eine Zeitlang haben die Kinder für ihn auf den Bürgersteigen vor allem vor unserer Gastwirtschaft Stubben und Zigarettenkippen gesammelt. Doch seit einiger Zeit ist das sinnlos, keiner schmeißt mehr diese Reste weg. Ich habe häufig beobachtet, wenn Raucher an der Bushaltestelle die Reste Ihrer Zigaretten oder ihre Zigarrenstubben in einer kleinen Blechdose sammeln.

Die drei Tage, die Erich bei uns war, waren wirklich schön, vor allem für die Kinder. Ich habe leider immer wieder an Deinen Brief gedacht, aber Erich hat das nicht gemerkt. Abends, am Heiligen Abend, als Vater und Anna gegangen waren, haben wir die Kinder ins Bett gebracht und danach haben Erich und ich wie früher eine Flasche Wein getrunken. Die letzte, die wir noch von vor dem Krieg im Keller hatten. Da hat Erich mir dann eine kleine silberne Brosche geschenkt und mir gesagt, er würde schon am nächsten Morgen zurückfahren, er könne seine Kameraden nicht länger im Stich lassen. Zwei Tage vor dem Ende seines Urlaubs! Ich habe nur genickt. Was sollte ich auch sagen? Ich hätte ihn sowieso nicht umstimmen können und den letzten Abend wollte ich ihm nicht verderben. Er ist dann gestern früh noch in das Zimmer der Mädchen geschlichen, hat ihnen einen Kuß gegeben, fröhliche Weihnachten geflüstert und ist dann losgezogen. Er hat mir verboten, ihn zum Bus zu bringen. Also haben wir uns an der Haustür verabschiedet. Ich hoffe sehr, Erich gibt auf sich acht. Möge Gott ein Auge auf unsere Männer haben, wo sie doch beide in Rußland sind. Stell Dir vor, im November haben sie sogar den Bauer Ranft eingezogen. Bisher war er als Bürgermeister und Großbauer unabkömmlich. Seine Frau, habe ich gehört, übernimmt den Hof, wo doch ihr Sohn bei Ausbruch des Krieges in England geblieben ist.

Liebe Lilli, ich wünsche Dir und Deiner Mutter, auch wenn Krieg ist, ein frohes neues Jahr.

Alles Liebe wünsche ich Dir
Deine Eva

Brief von Hans-Georg an Lilli vom 10. Februar 1942

Liebe Lilli,
jetzt haben wir bereits Februar. Es ist hier immer noch so kalt. Auch über die Menge an Schnee können wir uns nicht beklagen. Das ist besonders schlimm, weil wir in den letzten drei Wochen vier Mal umgezogen sind. Jedes Mal, wenn wir angekommen waren, dachten wir, jetzt gibt die liebe Seele wenigstens für eine Weile Ruh. Aber schon kam der nächste Befehl zum Aufbruch. Bis jetzt hatte ich Glück, unsere Einheit muß sichern und wir stehen nicht direkt an der Front. Bis auf ein paar kleine Gefechte

hatten wir Ruhe. Aber ich glaube, es ist nur eine Frage der Zeit, bis auch wir nach vorne müssen. Dort muß es fürchterlich zugehen. Durch unser Lager kommen immer die Transporte der Verwundeten, um ins Lazarett hinter uns gebracht zu werden. Der Zug will nicht abbrechen.

Aber liebe Lilli, ich habe dieses Mal auch gute Neuigkeiten. Ich habe jemanden gefunden, mit dem ich offen reden kann. Johannes Huber, ein Gefreiter aus München. Beim Aufbau des letzten Lagers sind wir ins Gespräch gekommen. Johannes hat laut über den Führer geflucht, als er mit einer Zeltrolle im Schnee eingesackt ist. Er hatte nicht gemerkt, daß ich noch hinter ihm gegangen bin. Er war sehr erschrocken. Ich aber habe gelacht und seitdem verbringen wir viel Zeit miteinander. Es hilft, mit jemandem offen über den Wahnsinn des Krieges und über Hitler und seine Leute zu sprechen. Am häufigsten fragen wir uns, wer von unseren Kameraden genauso denkt wie wir. Wir sind uns sicher, es sind mehr als man denken würde. Johannes hat in München ein Elektrogeschäft. Er hat mir erzählt, die Gestapo ist zu ihm ins Geschäft gekommen und wollte eine Liste von allen Personen haben, die ein Radio Super gekauft haben. Diese Personen sollten unter besondere Beobachtung genommen werden, weil mit diesen Rundfunkgeräten das Abhören der Feindsender besonders einfach sei. Er hat daraufhin allen Käufern einen Brief mit der Nachricht geschickt, daß das Hören von Feindsendern verboten sei, auch wenn es mit den von ihnen gekauften Radios leicht möglich sei. Die Gestapo hätte ihn deswegen gerade besucht und besonders auf diese Geräte geschaut. Daran hat er noch ein »Im Namen des Führers« gehängt. Das hat aber leider nicht ausgereicht, einer der Kunden muß einer von denen gewesen sein. Eine Woche nach diesem Brief hatte er seinen Einberufungsbescheid an die russische Front in der Post zusammen mit der Aufkündigung aller Lieferverträge für Elektrogeräte.

Liebe Lilli, Du kannst Dir denken, warum ich Dir das schreibe. Auch unser Saba ist so ein Gerät, für das sich die Gestapo interessiert, sei also bitte vorsichtig.

Mit jedem Päckchen von Dir machst Du nicht nur mich glücklich. Bis auf unsere Meinungen teilen wir hier alles. Aber ich hoffe, auch das wird sich vor allem unter uns einfachen Dienstgraden bald geben.

Hast Du noch etwas von Frau Rosenthal gehört? Ist sie noch da?
Liebe Lilli, ich vermisse Dich
In Liebe
Hans

Brief von Lilli an Eva vom 20. Februar 1942

Liebe Eva,
ich freue mich für Dich und die Kinder, daß Ihr Erich für ein paar Tage bei Euch hattet. Erich wird sich wohl nie ändern, früher aus dem Urlaub zurück an die Front! Eigentlich wollte ich Dir schreiben: Das bringt nur Dein Erich fertig! Aber ich kann Dir berichten, Gleiches habe ich jetzt schon des öfteren von Frauen im Laden sagen hören. Ich habe darüber nachgedacht, vermutlich sind die Kameraden in dieser schweren Zeit ebenso Familie wie wir Frauen. Gräme Dich also bitte nicht zu sehr. Hans-Georg hat geschrieben, es geht ihm im Moment ganz gut. Er ist nicht direkt an der Front.

Mußtet Ihr inzwischen auch schon wegen Fliegeralarms in die Keller? Bei Euch gibt es ja keinen Bunker. Wir sollen, wenn möglich, in einen Bunker, aber auch hier gibt es nicht genug und meist sind sie auch zu weit entfernt. Ich habe auch gehört, die Bunker sind meist den höheren Parteimitgliedern und deren Familien vorbehalten. Wir, die Bewohner unseres Hauses, flüchten uns bei Beginn der Sirenen in den Keller unter dem Laden. Ich habe dort für die Kinder aus dem Haus dann immer ein Stück Schokolade. Ich will sie so ein wenig ablenken. Es scheint auch ganz gut zu glücken, heute vormittag hat mich die kleine Lisa von oben angesprochen:

»Hoffentlich ist bald mal wieder Alarm«, hat sie gesagt, »dann gibt es wieder Schokolade.«

Ich selbst habe keine Angst vor den Bomben, ich denke in solchen Momenten immer an Hans. Der wäre sicher gerne an meiner Stelle. Mutter wohnt seit Januar ständig bei mir. Es ist aber auch wirklich praktischer, weil ich ohne ihre Hilfe die Arbeit nicht schaffen würde. Das mit den Bezugsmarken ist ganz einfach zu erklären. Dafür gibt es zwei Gründe. Der erste, was unsere Tabakwaren, Spirituosen und Süßigkeiten betrifft, so habe ich in unserer Wohnung noch einen beträchtlichen

Vorrat, den Hans und ich als Privatreserve schon vor dem Krieg angelegt haben. Die Sachen tauchen also auf keiner Lieferliste auf. Zweitens sind die hohen Herren immer noch nicht müde, eine Feier nach der anderen zu geben. So bekomme ich für die Platten immer wieder Lieferungen mit Spezialitäten, Alkohol und Süßigkeiten, die andere Läden schon lange nicht mehr bekommen. Aber wer kann schon kontrollieren, ob alle Pralinen, alle Spezialitäten auf den Platten hergerichtet worden sind. Abgesehen von den Resten, die ich meist einfach so mitnehmen kann. Es ist mir etwas peinlich, wie gut es mir noch geht, aber ich packe in die Tüten der Kundinnen mit vielen Kindern immer mehr Lebensmittel als ihre Bezugsmarken es erlauben. Liebe Eva, also auch für Euch wieder ein kleines Paket. Aber der Krieg ist auch bei mir zu spüren, heute ist ein Hauptmann gekommen und hat unser großes Auto abgeholt. Der Wagen wird jetzt in den Dienst des Reiches gestellt, hat er gesagt, und er hat mir eine Beschlagnahmungsurkunde dagelassen. Mit der könne ich nach dem Krieg mein Eigentum zurückfordern. Auch das andere würde in den nächsten Tagen abgeholt. Da habe ich einen von den Oberen, der noch da ist und das Feiern auch noch nicht aufgegeben hat, über den Fernsprecher informiert, ich könne ab der nächsten Woche keine Platten mehr liefern. Als er den Grund erfahren hat, hat er nur gesagt, er regelt das. Ich vermute, ich kann den Wagen erst einmal behalten.

Umarme bitte die Kinder von mir und grüße Deinen Vater.
Ganz liebe Grüße
Deine Lilli

Tagebucheintrag 20.9.1945

Ich habe geglaubt, es könne nicht schlimmer kommen, aber je besser es Erich geht, umso mehr versucht er, unser Leben zu bestimmen. Er ist so uneinsichtig, jeder Widerspruch bringt ihn dazu, mich zu beschimpfen. Die Kinder wagen gar nicht mehr, außer zum Schlafen, unseren Raum zu betreten. Tun sie es doch, verjagt er sie, indem er sie wegen nichts anfährt oder er sagt ihnen direkt, sie sollten in die Küche verschwinden. Inzwischen macht er auch keinen Unterschied mehr zwischen Marie und Hildchen oder den Kleinen. Heute hat er mir gesagt, er wolle nicht mehr zusehen, wie ich bei einem

Kollaborateur arbeite. Wie konnte ich es überhaupt wagen, bei so einem zu arbeiten? Ich habe ihm versucht zu erklären, er wäre ohne die Lebensmittel von Bauer Ranft gestorben. »Lieber sterben als sich von so einem helfen zu lassen, der den Engländern beigestanden hat.«

Erich war so wütend, als er das gesagt hat und hat mich dabei angesehen, als wäre ich sein Feind. Heute nachmittag muß ich es Herrn Ranft sagen. Ich werde ihm die Wahrheit sagen, auch wenn ich dabei meinen eigenen Mann schlechtmache. Aber was soll ich sonst tun?

Tagebucheintrag 21.9.1945

Herr Ranft war regelrecht erschrocken, er wollte es gar nicht glauben. Erst als ich ihm Erichs Verhalten geschildert habe, hat er genickt. Ich habe angefangen zu weinen, da hat er mich in den Arm genommen und getröstet. Es werde wieder und Erich brauche einfach noch Zeit. Ich kam mir so albern vor. Genau das hatte ich den Kindern immer wieder gesagt. Was aber viel schlimmer ist, ich habe diese Umarmung genossen. Nie hatte mich ein anderer Mann außer Erich umarmt. Ich weiß, es ist unrecht, ich bin eine verheiratete Frau.

Ich habe das Gefühl, Erichs Reaktion, als ich nach Hause gekommen bin, ist meine Strafe. Als er das Paket gesehen hat, das Bauer Ranft mir zum Abschied mitgegeben hatte, hat er komplett die Fassung verloren. Er ist auf mich los, hat mir das Paket aus der Hand gerissen und auf den Boden geschmissen. Er hat geschrien:

»Ich habe Dir doch gesagt, lieber sterbe ich, als etwas von dem zu nehmen.«

Als ich die kostbaren Lebensmittel aufheben wollte, hat er mich am Handgelenk hochgezogen und die alte Frau Schulz angefahren, sie solle sich die Sachen nehmen für ihre Arbeit als Aufpasserin und dann brauche sie nicht mehr wiederzukommen. Sie war so verängstigt. Sie hat die Lebensmittel zusammengeklaubt und ist schnell gegangen. Ich war froh, die Kinder waren in der Küche, aber natürlich haben sie alles gehört. Er hat sich danach erschöpft aufs Bett gelegt.

Aber was für eine Kraft er wieder hat! Ich denke immer öfter, wäre er doch im Krieg geblieben. Nur, ich schäme mich immer weniger für diese Gedanken. Wenn doch Lilli wieder da wäre, wenn ich wenigstens eine Adresse hätte, an die ich ihr schreiben könnte und nicht nur dieses Tagebuch, das mich mit meinen Gedanken alleine läßt.

Brief von Erich an Eva vom 1. Oktober 1942

Meine liebe Ehefrau,

ich kann Dir mitteilen, unser Feldzug geht weiter gut voran. Wir kommen jetzt allerdings nicht mehr ganz so schnell vorwärts wie noch in den letzten Monaten. Der Iwan wehrt sich verbissen. Es wird sein letzter Widerstand vor der endgültigen Niederlage sein. Umso entschlossener kämpfen wir alle für den Führer und das Vaterland, auch wenn wir dafür Opfer bringen müssen. Unsere Verluste sind gesunken, seit wir eine Schar russischer Juden bekommen haben. Jetzt müssen wir nicht mehr die Drecksarbeit machen. Das Ausheben von Gefechtsständen unter Beschuß machen die jetzt. Wenn der Iwan dann seine eigenen Leute abknallt, umso besser, um die ist es nicht schade. Auch wenn das Wetter nicht auf der Seite des Führers zu sein scheint, werden wir bald den Sieg davontragen.

Schicke mir Unterwäsche, meine ist durch das Doppelttragen im Winter nicht mehr richtig zu gebrauchen.

Mit herzlichem Gruß bin ich
Dein Ehemann Erich

Brief von Eva an Lilli vom 1. Dezember 1942

Liebe Lilli,

vielen Dank für Dein letztes Paket. Obwohl wir keine wirkliche Not leiden, sind Deine Päckchen für uns immer eine willkommene Freude. Den Kindern geht es gut. Ich glaube, Du brauchst bestimmt kein schlechtes Gewissen zu haben. Wie ich Dich kenne, hilfst du mehr als Du es schreibst. Du hast es verdient, wenn es Dir gut geht, schließlich habt Ihr so hart für Euren Laden gearbeitet. Von Erich kann ich Dir nichts Neues berichten, er schreibt, es gehe gut an der Front, von Niederlagen oder Rückzug schreibt er nichts, auch wenn man das hier hinter vorgehaltener Hand immer öfter hört.

Lilli, ich habe etwas Schreckliches entdeckt: Auf der Rückseite der Brosche, die Erich mir zum Abschied geschenkt hat, steht etwas eingra-

viert. Ich konnte es nicht lesen und habe es Vater gezeigt, der sagt, er könne es auch nicht lesen, aber es ist russische Schrift. Ich denke jetzt immer daran, wo Erich es wohl her hat. Aber eigentlich will ich es gar nicht wissen.

Liebe Lilli, ich lege es diesem Brief bei, Du weißt bestimmt jemanden, der es gut gebrauchen kann, um es gegen Lebensmittel zu tauschen. Ich will es nicht mehr haben. Wenn Erich mich fragen sollte, werde ich ihm sagen, ich habe es verloren. Was kann ich anderes tun? Er würde es nicht verstehen. Bei uns gab es bisher nur zwei Mal einen Bombenalarm. Aber wir hören bei klarem Wetter manchmal Geschützfeuer. Ich vermute, es ist Eure Flugabwehr.

Vater und Frau Trapp geht es gut. Die Kinder sagen inzwischen Oma zu ihr und ich soll sie beim Vornamen nennen. Sie heißt Lieselotte.

Eine ganz traurige Geschichte muß ich Dir noch erzählen. Frau Salbei ist tot. Sie hat sich die Pulsadern aufgeschnitten, nachdem sie vom Tod ihres Mannes gehört hat. Der ist in Afrika gefallen. Der Krieg schreibt wirklich nur grausame Geschichten. Sie hatten sich doch nur so kurz. Ich bin Gott so dankbar, unsere beiden Männer am Leben zu wissen. Ich bete täglich für sie.

Liebe Lilli, ich hoffe Dir und Deiner Mutter geht es gut. Einen lieben Gruß von den Kindern.

Ich umarme Dich

Deine Eva

Brief von Hans an Lilli vom 20. März 1943

Liebe Lilli,

es ist 5 Uhr in der Früh und es ist noch stockfinster. Natürlich bis auf die Leuchtgranaten, die der Russe regelmäßig auf unsere Stellung abfeuert.

Ansonsten ist es gerade ruhig. Ich bin Wachhabender und finde hier mal einen Moment Ruhe, Dir, meine Liebe, ein paar Zeilen zu schreiben. Es ist hier bitterkalt. Immer wieder muß ich den Stift aus der Hand legen und meine Finger am Ofen in der Wachstube wärmen. Doch ich will mich nicht beklagen, ich weiß von vielen Einheiten, die kein Brennmaterial mehr haben oder nur noch so viel, um den Ofen in den

Quartieren für ein paar Stunden zu befeuern. Da haben wir hier Glück, die Öfen brennen Tag und Nacht. In den letzten Wochen hat es schlimme Neuigkeiten gegeben. Es soll die gesamte sechste Armee vor Stalingrad von den Russen aufgerieben worden sein. Die Überlebenden sind alle in russische Gefangenschaft geraten. Man sagt hier, fast alle Generäle und die hohen Offiziere hätten sich ausfliegen lassen. Ich weiß nicht, ob es wahr ist, aber verwundern würde es mich nicht.

Auch wir haben uns jetzt schon zweimal zurückgezogen. Immer wieder ist der Feind durchgebrochen und so mußten wir unsere Linien durch Rückzug wieder schließen. Ich glaube, wenn Hitler und seine Leute tatsächlich eine ganze Armee verloren haben, dann ist für sie der Krieg nicht mehr zu gewinnen. Nur, was wird dann aus uns? Gehen wir alle in russische Gefangenschaft oder werden wir gezwungen, bis zum letzten Mann zu kämpfen, wie es einige unser Offiziere so gerne sagen? Die gleichen Offiziere, die sich dann, wenn es brenzlig wird, ausfliegen lassen.

Lilli, wie konnte es nur so weit kommen?

Der Schnaps, den Du in Dein letztes Paket getan hast, war ein Segen. Wie oft haben wir uns dank Deiner an einem Grog aufwärmen können. Leider ist die Flasche leer. Wenn es Dir möglich ist, schicke doch mit dem nächsten Paket noch eine Flasche. Ich hoffe, es wird mich erreichen, denn ich glaube nicht, daß wir noch lange hier liegen werden. Ich denke in jeder freien Minute an Dich, manchmal habe ich das Gefühl, ich würde Dich im Laden hinter der Theke stehen sehen. Das sind für mich die schönsten Momente und ich wünschte, sie würden nie zu Ende gehen.

Ich muß jetzt aufhören, gleich ist Wachablösung und man soll mich nicht im Dienst beim Schreiben von Privatpost erwischen. Denn je schlechter der Krieg geht, umso härter werden wir für die kleinsten Vergehen bestraft. Es ist, als wenn die Oberen uns für ihr Versagen verantwortlich machen.

Liebe Lilli, ich liebe Dich
Hans

Brief von Hans an Lilli vom 27. März 1943

Liebe Lilli,

es sind erst ein paar Tage vergangen, und ich finde wieder Zeit, Dir zu schreiben. Ich befinde mich in der gleichen Situation wie bei meinem letzten Brief. Es ist 5 Uhr in der Früh und die Sonne geht erst in ein paar Stunden auf. Ich nutze die Zeit, denn ich weiß nicht, wann ich wieder dazu komme, Dir zu schreiben, denn morgen müssen wir an die Front vorrücken und dort geht es unruhiger zu.

Ich muß Dir etwas berichten. Gestern abend wurde einer unser Kameraden abgeholt. Der Spieß hat uns hinterher antreten lassen und uns den Grund mitgeteilt. Der Kamerad Ziegler kommt wegen Wehrkraftzersetzung vor ein Kriegsgericht. Stell Dir vor, was er Schlimmes getan hat! Er hat in einem Brief an seine Frau den Sieg angezweifelt und Hitler beschimpft. Der Hauptmann hat gesagt, Ziegler wird wahrscheinlich Glück haben und mit Zuchthaus davonkommen, weil er bis jetzt so vorbildlich gedient hat. Ich glaube, der Spieß hat ein gutes Wort für ihn eingelegt, der ist in Ordnung. Ich habe mich einmal während einer Wache privat mit ihm unterhalten. Er ist Akademiker, er hat Philosophie und Geschichte studiert und hat vor dem Krieg als Lehrer gearbeitet, bis sie ihn eingezogen haben.

Liebe Lilli, ich bewahre alle Deine Briefe sorgsam auf. Ich trage sie immer bei mir. Ich hoffe, auch Du hast meinen bisherigen Briefen die Wärme geschenkt, die sie verdienen und sie nicht als Anmachpapier benutzt. Ich selbst lege gerade einen Scheit im Ofen nach, um mir meine Finger zu wärmen.

Mit dem Krieg geht es noch besser, als ich es in meinem letzten Brief geschrieben habe. Der Johannes Huber ist mir ein echter Freund geworden, mit ihm kann ich immer wieder über die Heldentaten der deutschen Armee sprechen. Über die geringen Verluste, die wir in diesem Kampf haben und über den sicheren Sieg, der nicht mehr so lange auf sich warten lassen wird. Die Flasche, die Du mir geschickt hast, ist wieder leer, aber dieses Mal habe ich sie nicht gemeinsam mit dem Kameraden getrunken, sondern einem Kameraden überlassen, der angeschossen worden ist und in der Nacht nicht mehr ins Lazarett gebracht werden konnte. Er hatte solche Schmerzen und hier gab es keine Mittel mehr, da haben wir ihm im

Verlaufe der Nacht die Flasche Rum eingeflößt. Das hat ihn beruhigt und er war auch noch ruhig als die Sanitäter ihn abgeholt haben. Gestorben ist er gestern aber leider trotzdem.

Liebe Lilli, ich hoffe, Du bist noch unversehrt und guten Mutes. Wenn Du noch ein wenig übrig hast, so schicke doch etwas an Johannes Frau, die hat drei Kinder zu versorgen und es geht ihnen nicht so gut. Die Adresse lege ich bei.

Ich muß jetzt Schluß machen, gleiche Situation wie letztes Mal. Ich vermisse Dich so sehr. Dieses Jahr werde ich wohl leider keinen Urlaub bekommen können, kurz vor dem sicheren Sieg hat es eine Urlaubssperre gegeben.

Ich liebe Dich
Hans

Brief von der Ehefrau von Johannes Huber an Lilli vom 10. Juni 1943

Liebe Frau Marten,
ich möchte mich ganz herzlich bei Ihnen für dieses wunderbare Paket bedanken. Es ist uns eine Hilfe, wo doch unser Laden nichts mehr hergibt. Den Buben habe ich eine halbe Tafel Schokolade gegeben, sie waren ganz aus dem Häuschen. Den Rest werde ich gegen Lebensmittel eintauschen. Mein Heiner hat schon so viel über ihren Hans-Georg geschrieben, was für eine große Stütze sie sich gegenseitig sind in diesem furchtbaren Krieg. In Hamburg muß es ja noch schlimmer sein als bei uns hier. So hoffe ich, es geht ihnen wohl und seien sie noch einmal vielmals bedankt.

Ihre
Maria Huber

Brief von Lilli an Eva vom 20. November 1943

Liebe Eva,
gestern haben sie Frau Rosenthal abgeholt. Sie sind morgens in aller Frühe gekommen und haben sie und die Kinder abgeholt. Ich habe es gesehen, denn ich bin gerade mit meiner Morgenlieferung vor dem Laden angekommen. Immer, wenn ich ihr nach Ladenschluß heimlich hinten im Hof über die Mauer ein paar Lebensmittel gegeben habe, habe ich sie

bedrängt doch zu fliehen oder sich zu verstecken. Doch sie hat immer nur gesagt, wo sie sich denn verstecken soll und zum Fliehen sei es längst zu spät. Und dann mit den Kindern. Sie hat zwei, ich glaube sie haben das Alter von Marie und Hildchen. Ich schäme mich so; ich hätte sie verstecken müssen, aber ich hatte zu viel Angst. Jetzt sind sie unterwegs in eines der Lager. Möge der Gott, an den Du glaubst, geben, sie mögen überleben.

Sonst habe ich gute Neuigkeiten. In der letzten Woche sind zwei Briefe von Hans angekommen und es geht ihm gut. Er kann jetzt nicht mehr offen schreiben, sie haben einen Kameraden verhaftet, der schlecht über Hitler geschrieben hat. Er hat mir aber deutlich zu verstehen gegeben, wie er die Lage sieht. Alle befinden sich auf dem Rückzug und er hofft, der Krieg wird bald zu Ende sein. Leider hat seine Einheit den Befehl bekommen, direkt an die Front zu gehen. Aber ich hoffe trotzdem das Beste, wenn es bis dahin gutgegangen ist. Hast Du etwas von Erich gehört, geht es ihm auch gut? Wie geht es Euch und Deinem Vater?

Mutter zermürbt der Krieg langsam. Immer wieder Vollalarm und dann für Stunden in den Keller. Wir dürfen uns nur noch im Notfall in unseren Keller flüchten. Alle hier im Bezirk haben die Anweisung bekommen, bei Fliegeralarm den Keller der Schule aufzusuchen. Die Bausubstanz der Schule sei widerstandsfähiger als die der Keller von Wohnräumen. Ob das der wahre Grund ist? Leider muß ich Dir mitteilen, daß die Pakete an Euch in Zukunft schmaler ausfallen, denn meine Lieferungen sind nicht mehr so großzügig, wo jetzt auch viele der hohen Herren im Krieg sind. Auch gehen meine eigenen Lebensmittel langsam dem Ende entgegen. Was ich noch ausreichend habe, sind Zigarren, also für Deinen Vater ist gesorgt. Aber natürlich sende ich Euch auch weiterhin, so viel ich kann, und dieses Paket hat noch einmal den gewohnten Inhalt.

Herze bitte die Kinder von mir, und grüße Deinen Vater.

Ich umarme dich

Deine Lilli

Brief von Erich an Eva vom 12. Dezember 1943

Meine liebe Ehefrau,

hier ist alles gut wie immer. Wir mußten uns aus taktischen Gründen ein paar Mal zurückziehen, auch sind mehr Kameraden als zuvor für den Führer den Heldentod gestorben. Aber ich habe Dir ja schon geschrieben, vor dem Endsieg müssen wir noch einige Opfer bringen. Doch für den Führer ist das eine Ehre. Gerade sind wir in einem kleinen Dorf stationiert, wir brauchten also keine Zelte aufschlagen. Jetzt im Winter ist es schon wärmer in einem Haus. Aber die Häuser der Russen würden wir nicht einmal unseren Schweinen zumuten. Alles schief und krumm. Gar nicht zu reden von dem Gestank in den Häusern. Unser Truppführer hat erst einmal Großreinemachen befohlen. Er hofft wohl, wir werden hier über Weihnachten bleiben. Zu heizen haben wir solange genug und sollte uns der Brennstoff ausgehen, verheizen wir einfach die Möbel. Was macht es schon, verbrannt wird hier ja sowieso alles, wenn wir abrücken. Unsere Juden haben wir in der Scheune einquartiert. Vor drei Nächten haben der Gefreite Holz und ich während der Wache zwei von dem Pack erschossen, als sie versucht haben zu fliehen. Wir haben dafür eine Belobigung bekommen. Du und die Kinder könnt stolz auf mich sein. Ich freue mich, dieses Jahr Weihnachten mit den Kameraden zu verbringen. Es ist Urlaubssperre, aber ich hätte ihn dieses Mal auch abgelehnt. In dieser entscheidenden Situation muß man den Kameraden zur Seite stehen.

Geht bei Euch in der Heimat alles seinen Gang?

Grüße bitte Marie, Hildchen und die beiden Kleinen von ihrem Vater.

Mit herzlichem Gruß bin ich
Dein Ehemann Erich

Brief von Eva an Lilli vom 18. Dezember 1943

Liebe Lilli,

ich freue mich sehr, wenn es Deinem Hans gut geht. Auch Erich geht es gut, ich habe gerade einen Brief von ihm erhalten. Natürlich freue ich mich, wenn Erich wohlbehalten ist, aber es bereitet mir schon lange keine Freude mehr, seine Briefe zu lesen. Ich bin die Gewalt des Krieges so leid. Rainer, dem Mann von Anna, hat eine Sprengladung das Bein abgerissen. Er liegt im Lazarett, es ist nicht sicher, ob er durchkommt, aber sobald er transportfähig ist, kommt er nach Hause.

Liebe Lilli, ich wünschte, der Krieg ist bald vorbei, so oder so. Vermutlich sieht es nicht wirklich gut aus bei allem, was ich so höre und nach Stalingrad. Obwohl Erich immer etwas anderes schreibt und die im Rundfunk auch nur von dem Endsieg reden.

Lilli, Dein Paket hat mich beschämt. Zwar schreibst Du, Deine Pakete werden kleiner, aber dieses war das größte, das Du uns je geschickt hast. Ich habe fast alles versteckt, um es für Weihnachten aufzubewahren. Da werden wir dann das erste Mal Kaviar essen wie die hohen Herren.

Leider muß ich Dir mitteilen, es wird wohl das letzte Weihnachten in unserer schönen Wohnung sein. Die Tochter des Vermieters ist in Hamburg ausgebombt worden und bekommt jetzt unsere Wohnung. Ich bin ganz verzweifelt, den Kindern habe ich es noch nicht gesagt, aber Vater meint, wir können natürlich zu ihm ziehen. Er zieht dann, bis wir eine neue Wohnung haben, zu Frau Trapp. Ein Zimmer und Küche. Aber was soll ich tun? Sonst würde ich mit den Kindern auf der Straße sitzen. Es muß eben gehen. Von einer Nachbarin habe ich von den Zeitbomben gehört, die jetzt immer öfter auf Hamburg abgeworfen werden. Die liegen erst Stunden rum, bevor sie explodieren. Was für eine fürchterliche Vorstellung.

Ich hoffe, Du und Deine Mutter seid verschont geblieben. Ich bete für Euch.

Die Kinder lassen Dich ganz lieb grüßen und einen Gruß und Dank von Vater.

Ich umarme Dich
Deine Eva

Tagebucheintrag 2.10.1945

Davor hatte ich mich so gefürchtet. Gestern hat Erich es gesagt. Er halte es nicht mehr für angebracht, wenn ich mit den Kindern in einem Bett schlafe. Er hat verlangt, jetzt, wo es ihm wieder besser ginge, müsse ich als seine Ehefrau wieder bei ihm schlafen. Ich wußte nicht, was ich sagen sollte, habe versucht ihn davon zu überzeugen, es sei besser für ihn, wenn er noch ein Bett für sich alleine hätte. Doch er hat mich nur grob unterbrochen und gesagt, es sei entschieden, heute nacht schlafe ich wieder wie früher bei ihm. Wie sehr mich die Vorstellung der körperlichen Berührung geekelt hat und wie viel mehr ich gehofft habe, er sei dafür noch zu erschöpft. Doch noch heute nacht hat er es gleich versucht, aber ich habe mich gewehrt und davon sind die Kleinen aufgewacht. Erich hat sie angeschrien, sie sollen schlafen:

»Ruhe! Eure Mutter kommt zu euch!«

Dann hat er mich ohne meine Decke aus dem Bett geworfen und ich mußte mir in dieser Nacht das Bett und die Decke mit den Kleinen teilen. Wie viel lieber habe ich gefroren, als mit ihm in einem Bett zu sein.

Heute morgen hat Erich den Großen den Auftrag gegeben, sein Bett wieder in die Küche zu bringen und den Tisch und die Stühle in unseren Raum:

»Dann haben eure Mutter und ich wieder ein eigenes Schlafzimmer«, hat er gesagt und dabei hat er mich angegrinst.

In diesem Augenblick war er abstoßender, als ich es bisher gefühlt hatte. Es ging von ihm nicht nur Haß, sondern eine Gewalttätigkeit aus, die er genoß. Ich habe Angst vor heute nacht, mehr Angst als ich je im Krieg verspürt habe.

Lilli, wenn Du Dich doch melden würdest.

Brief von Lilli an Eva vom 26. August 1944

Liebe Eva,

es ist geschehen. Das ist der Anfang vom Ende, der Laden und unsere Wohnung sind nicht mehr da. Alles mit nur einer Bombe zerstört. Und dabei hatten Mutter und ich noch Glück. Wie immer waren wir sonntags bei Mutter in der Wohnung, um Post abzuholen, da hat uns mitten am Tag ein Alarm überrascht. Wir sind in den vorgesehenen Bombenkeller für Mutters Bezirk gegangen. Es waren nicht viele Menschen dort, wahrscheinlich haben die meisten einen Alarm am Tag für eine Übung gehalten. Doch als wir, wenn auch weiter entfernt, den Bombenlärm hörten, waren Mutter und ich froh, im Keller zu sitzen. Kurz darauf war

Entwarnung, und Mutter und ich sind zum Laden aufgebrochen. Als wir aus dem Bus stiegen, konnten wir es schon sehen. Vor dem Laden standen mehrere Feuerwehrwagen, doch ich hatte noch Hoffnung, denn die Fassade sah von weitem unversehrt aus. Doch als ich näher kam, wußte ich es. Nichts ist übrig. Das gesamte Gebäude ist ausgebrannt. Eva, unsere ganze Arbeit, umsonst. Mutter war so lieb, sie hat mich in den Arm genommen und wir sind gleich wieder zurück zu ihr in die Wohnung. Sie hat gesagt, wir hätten Glück gehabt, wer weiß, ob wir, wenn das Geschäft geöffnet gewesen wäre, den Alarm ernst genommen hätten. Ich weiß, sie hat recht aber …

Heute morgen bin ich noch einmal zum Laden. Ich bin über die Absperrungen geklettert, auf denen »Einsturzgefahr« stand. Stell Dir vor, der Zugang zum Keller war frei. Ich bin also in den Keller. Ich konnte es nicht glauben, als ich unten war. Es war so wie immer. Abgesehen von ein paar Rissen und abgeplatzten Stellen war alles, als wenn nichts gewesen wäre. Ich habe dann mit einem Schlüssel den Schrank aufgemacht, in dem ich die Notfallreserve für die Angriffe aufbewahrt habe. So sind mir zehn Tafeln Schokolade, eine Packung Pralinen, sieben Dosen Konserven, fünf Flaschen Limonade und eine Flasche Weinbrand geblieben. Mutter war richtig wütend auf mich, sie hat gefragt, was ich gemacht hätte, wenn alles zusammengestürzt wäre. Wie hätte sie es Hans erklären sollen, wenn ich aus purer Leichtsinnigkeit mein Leben verloren hätte. Sie hat recht und ich habe ihr versprochen, nicht wieder zum Geschäft zu fahren. Ich habe mich entschlossen, Hans nichts davon zu schreiben, ich will ihn nicht noch zusätzlich entmutigen. Er wird nichts merken, denn seine Post schickt er ja sowieso an Mutters Adresse.

Mit den Päckchen wird es bis auf weiteres leider nichts mehr. Ich hoffe, Dir, den Kindern und Deinem Vater geht es gut.

Ich umarme Dich
Deine Lilli

Brief von Erich an Eva vom 27. August 1944

Meine liebe Ehefrau,

wir mußten uns kurzfristig noch weiter zurückziehen. Der Russe versucht jetzt, uns durch Lautsprecherdurchsagen zum Aufgeben zu bringen. Viele von uns sind erschöpft, weil es in den letzten Wochen kaum etwas zu essen gegeben hat und auch der Brennstoff lange alle ist, deswegen haben einige den Glauben an unsere Sache verloren, wir mußten deshalb in den letzten zwei Wochen über ein Dutzend Deserteure und Wehrkraftzersetzer erschießen. Leider war einer von ihnen der Gefreite Bruns, mit dem ich zusammen die Bunker gesprengt habe. Aber wir kämpfen für den Endsieg, da kann man keine Rücksicht mehr nehmen. Jetzt wo sie sogar auf den Führer ein Attentat verübt haben, um uns um den Sieg zu bringen. Alle sagen, es wären von den Juden und den Feinden bezahlte Leute gewesen. Die Aufregung deswegen ist überall zu spüren, die hohen Dienstgrade greifen jetzt bei den kleinsten Vergehen hart durch. Das ist aber auch gut so, vielleicht hätten sie das schon früher machen sollen, dann hätten wir den Endsieg bestimmt schon errungen. Gestern haben wir gemeinsam eine Rede des Führers von Schallplatte gehört. Der Spieß hat uns gesagt, sie ist nur für uns Kameraden in Rußland aufgenommen worden. Das hat mich wieder stolz gemacht und noch mehr an den Endsieg glauben lassen.

Bitte schicke mir Verpflegung und warme Wäsche.
Grüße die Marie, Hilde und die Kleinen von ihrem Vater.
Mit herzlichem Gruß bin ich
Dein Ehemann Erich
Heil Hitler

Tagebucheintrag 3.10.1945

Heute nacht hat er es wieder getan, er hat gesagt, es sei meine Pflicht als Ehefrau, aber ich wollte nicht, ich habe mich so geekelt. Ich habe mich gewehrt, aber er war stärker. Danach habe ich mich übergeben, aber das hat ihn nicht interessiert, er hat sich nur umgedreht und hat geschlafen.

Ich bin dann zu den Kleinen ins Bett gegangen. Auch wenn ich seine Ehefrau bin und er im Recht ist, ich hasse ihn und ich wollte ..., nein, er ist der Vater meiner Kinder. Ich muß es ertragen. Ich hoffe nur, ich werde nicht wieder schwanger.

Brief von Eva an Lilli vom 30. August 1944

Liebste Lilli,
ich kann gar nicht ausdrücken, wie leid es mir tut. Mit einem Angriff ist alles zerstört. Schuld daran ist nur Hitler mit seinem Krieg. Ich kann gar nicht sagen, wie sehr ich den Krieg verabscheue.

Lilli, ich bin sicher, wenn der Krieg erst vorbei ist, baust Du zusammen mit Hans wieder alles auf. Wenn jemand die Kraft dafür besitzt, dann Du, meine liebe Lilli. Ich weiß, ich kann Dich nicht trösten, aber eines kann ich tun. Täglich kommen Busladungen von Menschen aus Hamburg, um hier auf dem Dorf Lebensmittel einzutauschen. Jetzt, wo Du kein Geschäft mehr hast, geht es Dir und Deiner Mutter bestimmt nicht so gut, deswegen schicke ich Dir ab jetzt Päckchen, denn hier läßt sich viel leichter etwas organisieren als bei Euch. Auch Vater und Lieselotte haben ihren Teil zum Päckchen beigetragen. Den Kuchen hat Lieselotte gebacken. Vater schickt dir auch seine noch verbliebenen Zigarren, er sagt, vielleicht kannst Du damit das eine oder andere eintauschen. Er läßt Dich auch ganz lieb grüßen und wir alle sind uns einig, wenn Ihr, Du und Deine Mutter es in der Stadt nicht mehr aushaltet, könnt Ihr bei uns wohnen. Du bei mir und den Kindern, und Deine Mutter würde bei Lieselotte in der Küche ein Bett aufgestellt bekommen. Uns würde es freuen, Euch bei uns zu haben.

Hier ist es bestimmt sicherer als in der Stadt, auch wenn hier schon zweimal ein verirrter Flieger eine Bombe abgeworfen hat. Ich finde Dich so tapfer, Hans nichts von Eurem Unglück zu schreiben und den ganzen Verlust alleine auszuhalten. Ich hoffe, Hans geht es gut.

Erich hat gerade geschrieben, er ist wohlauf, aber der Krieg scheint wirklich dem Ende entgegenzugehen, so wie er die Lage beschreibt. Die Gewalt scheint dort immer schlimmer zu werden. Schon das Lesen seiner Briefe macht mir Angst. Ich bin froh, hier bei den Kindern zu sein. Das einzige, was ich tun kann, mache ich, ich schreibe ihm Briefe, aber selbst das fällt mir inzwischen schwer. Ich wollte, der Krieg wäre schon vorbei.

Ich soll Dich von allen hier grüßen, aber die Kinder haben darauf bestanden, ich soll Dir von ihnen einen ganz dicken Kuß ausrichten.

Ich umarme Dich
Deine Eva

Brief von Lilli an Eva vom 17. September 1944

Liebe Eva,
wie sehr habe ich mich über Deinen Brief und Euer Paket gefreut. Und Du irrst Dich, nichts hat mich so getröstet wie Dein Brief. Ich habe mit Mutter lange über Euer Angebot gesprochen, aber obwohl wir jetzt jede Nacht in den Keller müssen und unsere Essensrationen kaum ausreichen, will Mutter auf gar keinen Fall aus Hamburg raus. So bleibe ich natürlich auch. Vielleicht habe ich auch schon einen Weg gefunden, unsere Lage hier zu verbessern. Ich habe den Parteioberen, der mir schon meinen Wagen gerettet hat, angerufen. Du mußt wissen, der feiert immer noch gerne. Kaum zu glauben, bei der Kriegslage. Aber für mich bedeutet das, er läßt mir morgen in Mutters Wohnung Platten liefern. Dann hat er noch dafür gesorgt, daß einige Lieferanten kleine Mengen an mich abgeben, auch wenn ich kein Geschäft mehr habe. Seine einzige Bedingung war, die leeren Platten müssten am Samstagabend befüllt sein und in seiner Wohnung stehen. Das ist erst einmal ein Anfang. Vielleicht findet sich ja noch der eine oder andere auf dieser Feier, der auch noch ein Fest mit meinen Platten feiern will. Wenigstens am Samstag können Mutter und ich uns wieder einmal satt essen und vermutlich bleibt auch noch etwas übrig. Du siehst, das Glück hat mich noch nicht ganz verlassen. Es fehlt nur noch ein Brief von Hans, der letzte ist schon sehr lange her. Aber auch da hoffe ich das Beste. Gib bitte den Kindern auch einen ganz dicken Kuß und grüße Deinen Vater und Frau Trapp und richte ihnen meinen ganz herzlichen Dank für ihr großzügiges Angebot aus.

Meine liebe Eva, mit voller Zuneigung grüßt Dich
Deine Lilli

Brief von Eva an Lilli vom 1. Oktober 1944

Liebe Lilli,

ich freue mich so über Deinen neuen Anfang. Du gibst einfach nicht auf. Ich bin so anders als Du. Wie gerne hätte ich Deinen Mut. Dafür habe ich Dich schon immer bewundert. Einfach bei dem Oberen anzufragen. Aber so warst Du schon immer. Schon damals, als wir noch zusammen im Schuhladen gewohnt haben. Das ist so lange her.

Vielleicht kommen für uns ja, wenn der Krieg vorbei ist, wieder so schöne Zeiten. Im Augenblick bin ich aber in großer Sorge. Ich habe lange nichts mehr von Erich gehört. Auf meine letzten drei Briefe hat er nicht geantwortet. Ich habe schon das Schlimmste befürchtet. Vor allem, als ich meine letzten drei Briefe gestern vom Postboten zusammengebunden zurückbekommen habe. In dem Moment war mir klar, Erich ist gefallen. Doch dann habe ich den Stempel auf den Briefen gelesen und konnte es nicht glauben:

»Adressat nicht erreichbar, Adressat wird wegen unerlaubten Entfernens von der Truppe gesucht.«

Ich konnte es nicht glauben, Erich desertiert. Aber heute habe ich Gewißheit bekommen. Bei uns standen um neun Uhr morgens zwei Soldaten vor der Tür. Sie waren sehr höflich. Sie haben gesagt, sie seien von der Feldgendarmerie und müßten die Wohnung nach dem unerlaubt abgängigen Gefreiten Erich Kummer durchsuchen. Als sie ihn nicht gefunden haben, haben sie mich gefragt, ob ich wisse, wo sich der Obergefreite Erich Kummer aufhalte. Ich habe ihnen natürlich die Wahrheit gesagt. Weil sie so freundlich waren, habe ich noch gemeint, ich könne mir das gar nicht vorstellen. Das würden sie immer wieder hören, haben sie gesagt. Dann haben sie mir erzählt, Erich sei während einer Wache geflohen und habe vorher noch den Proviant von drei Kameraden und ein paar Stiefel sowie ein Paar Socken gestohlen. Sie haben mich dann noch ermahnt, das Verstecken von Fahnenflüchtigen sei Verrat an Führer und Vaterland und darauf stehe genau wie auf Fahnenflucht die Todesstrafe. Das hat mich gar nicht erschreckt, aber Erich ein Deserteur? Wo er doch immer an den Endsieg geglaubt hat. Lilli, ich weiß gar nicht, was ich denken soll, ich meine, wenn der Krieg bald vorbei ist, bleibt er vielleicht eher am Leben.

Doch gibt es die Möglichkeit, sich von Rußland bis hierher alleine ohne Hilfe durchzuschlagen? Und wenn, kommt er hierher? Lange wird ja sein Proviant nicht reichen. Eigentlich müßte ich doch jetzt erleichtert sein. Erich lebt noch, aber weißt Du, ich habe geweint, weil er seine Kameraden bestohlen hat. Das hätte er früher nie getan.

Lilli, was macht der Krieg aus uns? Den Kindern habe ich nicht die Wahrheit gesagt. Wenn sie mich fragen, sage ich, Vater schreibt, es gehe ihm gut wie immer.

Wie ist denn Deine erste Lieferung gegangen und hast du schon neue Aufträge, ist etwas übriggeblieben? Vorsorglich haben wir wieder ein kleines Paket mit dem Nötigsten gepackt.

Liebe Grüße von den Kindern und auch von Vater
Ich umarme Dich
Deine Eva

Brief von Lilli an Eva vom 4. Oktober 1944

Liebste Eva,
Deine Neuigkeiten sind wirklich überraschend. Auch ich kann nicht sagen, ob es gute oder schlechte Neuigkeiten sind. Was Erichs Verhalten betrifft, würde ich mich nicht zu sehr grämen. Wer weiß, ob Dir die beiden die Wahrheit gesagt haben. Aber mit einem hast du recht, der Krieg bringt viele unserer schlechten Seiten zum Vorschein. Ich mußte bei Deinen Zeilen sofort an die arme Frau Rosenthal denken. Ich war nicht mutig genug, ihr ein Versteck anzubieten. Das einzige, was mich in dieser Sache tröstet, ist, hätte ich es getan, wäre sie vermutlich mit den Kindern in meiner Wohnung ausgebombt worden. Für mich bleibt das aber nur ein schwacher Trost. Das Leben geht weiter, wie oft habe ich diese Worte im Laden in den letzten Jahren gehört, wenn die Kunden über ihre ganz persönlichen Kriegstragödien berichtet haben. Aber es ist wahr. Mein Auftrag war ein Erfolg in jeder Beziehung. Ich habe alle Lebensmittel, die ich bestellt habe, bekommen und die Platten sind sehr gut angekommen. Für die nächste Woche habe ich zwei Bestellungen und in zwei Wochen sogar drei. Was aber das wichtigste ist, ich durfte die Reste wieder mitnehmen und von den eingekauften Waren habe ich

eine ganze Menge gar nicht angebrochen. Deswegen, liebe Eva, sende ich Dir Euer Paket zurück. Vielen lieben Dank dafür, das erste Paket hat uns ja wirklich geholfen, aber das hier benötigt Ihr jetzt wieder dringender. Wenn es so weitergeht, brauchen wir uns fürs erste keine Sorgen mehr zu machen. Ich habe dem Paket auch ein paar Dinge hinzugefügt. Unter anderem die Zigarren, die Dein Vater uns geschickt hat, ich war noch nicht dazu gekommen sie einzutauschen und jetzt brauche ich es nicht mehr.

Grüße ihn bitte von mir und an die Kinder einen Kuß.

Ich umarme Dich
Deine Lilli

Brief von Eva an Lilli vom 2. Dezember 1944

Liebe Lilli,
es ist so schrecklich, ich weiß nicht mehr was ich tun soll.

Vater ist tot. Kommst Du? Bitte! Ich kann es nicht verstehen, nur drei Mal ist bisher hier eine Bombe runtergegangen. Und ausgerechnet die erste, die ein Ziel trifft, tötet ihn. Es war heute morgen um vier Uhr. Er war wie immer in der Bäckerei, da hat eine Bombe das Haus getroffen. Alle sind tot. Vater, die alte Bäckerin und zwei ihrer Enkelkinder, die in der Backstube geholfen haben, seit ihr Vater eingezogen worden ist. Denk nur an die Mutter, wie soll sie es verkraften, wie ihrem Mann im Feld mitteilen? Es ist so grausam. Und alle sind zu mir gekommen. Anna ist gar nicht mehr ansprechbar, sie hat die ganze Zeit geschrien wie irrsinnig, ich mußte sie die ganze Zeit halten und konnte mich nicht um die Kinder kümmern. Wie dankbar bin ich Lieselotte, sie war so tapfer, sie hat noch die Kraft gehabt, die Kinder zu trösten. Jetzt sitzen sie alle nebenan, es ist seltsam still. Da bin ich in die Küche gegangen.

Lilli, bitte komm doch, ich brauche Dich, er hat Dich doch auch so gemocht.

Ich umarme Dich
Deine Eva

Brief von Lilli an Eva vom 20. Dezember 1944

Liebste Eva,

wie geht es Dir? Jetzt ist die Beerdigung zwei Wochen her. Es war wohl einer der bewegendsten Momente meines Lebens. Ich habe es Dir nie gesagt, aber ich hatte Deinen Vater ein wenig adoptiert. Ich habe immer so getan, als sei er auch mein Vater. Und er hat mich auch immer ein wenig wie eine Tochter behandelt. Immer hat er sich so gefreut, wenn ich gekommen bin, immer hat er sich ausführlich nach Hans-Georg, nach dem Laden und selbst nach meiner Mutter erkundigt. Er hat sich wirklich für mich interessiert. Er war ein so toller Mann. Ich fand den Pastor sehr mutig, wie er ganz offen dem Krieg und denen, die ihn heraufbeschworen haben, die Schuld an dem Tod Deines Vaters gegeben hat. Du hast mir ja erzählt, die beiden seien befreundet gewesen. Wenn Dein Vater, wie auch ich es immer mehr hoffe, aus einer besseren Welt zugehört hat, wird er zufrieden gewesen sein. Trotz dieses Anlasses waren diese beiden Tage die traurigsten, aber auch mit die schönsten des Krieges. Seit unserer gemeinsamen Zeit in Hamburg ist es das erste Mal, daß wir wieder so viel Zeit miteinander verbracht haben. Auch so lange mit den Kindern zusammen zu sein war sehr schön, auch wenn es mir klar gemacht hat, was ich nie haben werde. Das hat mich auf dem Heimweg noch einmal zusätzlich traurig gemacht. Aber bis ich wieder bei Mutter war, hat wieder die Dankbarkeit überwogen, Dich und die Kinder zu haben. Der Heimweg war beschwerlich, immer wieder mußte ich Truppentransporte vorbeiziehen lassen. Einmal bin ich über einen Bombenkrater in der Straße gefahren, der auf dem Hinweg noch nicht da war und über den nur zwei Bretter gelegt worden waren. Ich hoffe so, Hans und Erich mögen die letzte Kriegszeit gut überstehen. Es kann jetzt nicht mehr so lange gehen. Herze bitte die Kinder von mir. Fast hätte ich geschrieben, Paket wie immer. Auch bei mir muß es erst ankommen, daß er nicht mehr da ist. Ich denke sehr viel an Dich.

Ich umarme Dich
Deine Lilli

Brief von Eva an Lilli vom 14. Januar 1945

Liebe Lilli,

inzwischen ist hier fast wieder Alltag. Die Kinder wollten in den ersten Nächten nach Vaters Tod kaum schlafen. Immer wieder ist eine von ihnen zu mir gekommen und hat so bitterlich geweint. Aber inzwischen schlafen sie wieder normal. Sie gehen zur Schule und kümmern sich wieder um Hausaufgaben, um ihre täglichen kleinen Streitereien und um ihre Freunde. Auch Anna hat sich wieder gefangen, obwohl sie letzte Woche eine weitere schlimme Nachricht erreicht hat. Rainer ist an seinen Verletzungen gestorben. Ich habe es zuerst von unserem Postboten gehört, der kennt natürlich die Umschläge. Da bin ich sofort zu ihr, ich habe mir solche Sorgen gemacht. Aber sie war gefaßt, sie hat mir erzählt, Rainer hätte nicht einmal von der Front geschrieben und auch sie hat es nach einem halben Jahr aufgegeben. Sie hat nie darüber gesprochen, aber die letzten Auseinandersetzungen konnte sie ihm nicht verzeihen. Ehrlich, Lilli, sie wirkte fast befreit. Aber ich glaube, wir können uns auch gar nicht vorstellen, was es heißt, einen Trinker als Mann zu haben. Sie wollte nicht einmal seine Habseligkeiten haben. Seinen Ehering hat sie noch am selben Tag auf dem Markt gegen Lebensmittel eingetauscht. Seine Taschenuhr hat sie an die Frau von Rainers Bruder in Köln geschickt.

Liebe Lilli, vielen Dank für das Paket, vermutlich sind meine Kinder die einzigen im ganzen Dorf, die immer noch regelmäßig Schokolade in großen Mengen essen können. Sie lassen Dich ganz doll drücken.

Ich hoffe, es geht Dir und Deiner Mutter gut und Dein Geschäft mit den Platten geht auch jetzt noch weiter.

Ich umarme Dich

Deine Eva

Brief von Johannes Huber an Lilli vom 22. April 1945

Sehr geehrte Frau Marten,

wir kennen uns nicht, obwohl sie an meine liebe Frau so großzügige Pakete gesendet haben. Leider schreibe ich aus keinem erfreulichen Anlaß. Ich muß Ihnen mitteilen, ihr Ehemann ist gestern abend wäh-

rend eines Angriffs der Russen durch einen Granatsplitter schwer verwundet worden. Ich habe ihn sofort zusammen mit dem Kameraden Jung hinter die Linien gebracht. Dort ist er zunächst versorgt worden. Am heutigen Morgen um neun Uhr ist entschieden worden, ihn mit anderen Verwundeten in ein Feldlazarett weit hinter den Linien zu bringen, da nicht sicher ist, wie lange wir diesen Abschnitt noch halten können. Ich habe gehört, einige verwundete Kameraden sind bis nach Berlin gebracht worden. Die Glücklichen. Vielleicht gehört Hans-Georg ja auch zu diesen. Aber ich will wahrhaftig bleiben, die Verwundung im Schulter- und Halsbereich sah für mich nicht gut aus. Ich hoffe das Beste für Sie und Hans-Georg. Er ist mir ein aufrichtiger Freund geworden.

Mit freundlichem Gruß verbleibe ich
Ihr Johannes Huber

Tagebucheintrag 5.10.1945

Heute nacht habe ich es mir nicht gefallen lassen. Ich habe ihn genau dorthin getreten. Er hat sich vor Schmerzen gekrümmt. Bin dann in unseren Raum ins Bett der Kinder geflüchtet.

Er ist nicht hinterhergekommen. Aber am Morgen war es fürchterlich. Er hat Marie wegen einer Kleinigkeit geschlagen. Als die Kinder in der Schule waren, hat er gesagt, wenn ich nicht wolle, daß er es an den Kindern auslasse, solle ich so etwas wie letzte Nacht nie wieder tun. Wie kann man so grausam sein? Was für ein Mensch ist er nur geworden?

Brief von Lilli an Eva vom 1. Mai 1945

Liebste Eva,
vielleicht muß es so sein, eine gute Nachricht wird von einer schlechten eingeholt. Ich habe von Hitlers Tod heute morgen im Radio gehört. Selbstmord? Wenn es wahr ist, so ist es passend für dieses Ungeheuer. Stürzt unzählige Menschen in einen Krieg und bringt sich um, als nichts mehr zu gewinnen ist, um der Verantwortung zu entgehen. Wie es auch ist, es scheint, dieses Mal ist er wirklich tot. Doch leider sind die Folgen seiner Taten noch nicht zu Ende. Der Krieg ist noch nicht vorbei und

Hans-Georg ist einer von denen, die es getroffen hat. Er ist schwer verletzt. Johannes Huber, einer seiner Kameraden hat mir geschrieben und mir mitgeteilt, Hans sei auf dem Weg in ein Lazarett, er wisse aber nicht wohin, wenn er Glück hat, landet er in Berlin. Ich wußte nicht, was ich tun sollte, am liebsten wäre ich sofort losgefahren. Mutter hat mich aufgehalten, sie hat gesagt, ich würde so gar nicht nach Berlin kommen und ich wüßte doch gar nicht, ob er wirklich nach Berlin gebracht wird. Sie hatte natürlich recht und nachdem ich den ersten Schock überwunden hatte, bin ich direkt zu dem Parteioberen, Du weißt, der mir schon wegen des Wagens geholfen hatte. Er hat gesagt, vielleicht ist es das letzte, was er noch tun kann. Dann hat er eine Menge Fragen gestellt, welchen Dienstgrad Hans hatte, wo er zuletzt stationiert gewesen ist, wann er vermutlich abtransportiert worden ist. Danach hat er mich in seinem Empfangsraum alleine gelassen. Über eine Stunde hat es gedauert, bis er wieder gekommen ist. Aber das Warten hatte sich gelohnt. Das Wichtigste war, er konnte mir mit Bestimmtheit sagen, Hans hat am Morgen noch gelebt. Da ist der Zug mit den Verletzten zur nächsten Etappe aufgebrochen. Wo sie jetzt genau seien, konnte aber selbst er nicht genau herausfinden. Das Gebiet sei stark umkämpft und man könne nicht sagen, wo der Russe inzwischen schon überall sei und welchen Weg der Zug genommen hätte. Der Zug hat tatsächlich den Befehl, die Verletzten nach Berlin zu bringen und dabei allen umkämpften Gebieten aus dem Weg zu gehen. Er hat dann noch einmal betont, das sei nicht so einfach. Warum ausgerechnet diese Verletzten nach Berlin gebracht werden sollen, hat er auch nicht herausbekommen. Er vermutet, es sind unter ihnen einige Parteihöhere.

Als ich ihm gesagt habe, ich würde nach Berlin fahren, hat er gelacht und mir klar gemacht, ohne die richtigen Passierscheine käme ich nie an mein Ziel. Aber auch das hat er geregelt, dafür mußte ich weitere zwei Stunden warten. Aber als er wiedergekommen ist, hatte ich alles, was ich benötigte, um nach Berlin zu kommen. Er hat mir dann noch davon abgeraten, es, egal auf welchem Weg, zu versuchen, nach Berlin zu gelangen. Jetzt sei das Gebiet um Berlin schon ständigen Bombenangriffen ausgesetzt. Und je näher der Russe käme, umso schlimmer würde es werden.

Aber Du kennst mich. Also, liebe Eva, wenn Du diesen Brief bekommst, bin ich schon unterwegs. Mutter hat mir einen riesigen Rucksack mit Proviant zusammengepackt. Und ich habe einige von Mutters Schmuckstücken und Vaters goldene Taschenuhr eingesteckt, falls ich unterwegs mit meinen Passierscheinen nicht weiterkommen sollte. Eva, wünsche mir Glück. Bis heute war mir nicht bewußt, wie sehr ich Hans-Georg liebe, immer habe ich gedacht, er liebt mich mehr als ich ihn. Wie sehr ich mich geirrt habe. Ich melde mich sobald ich kann. Küsse bitte die Kinder von mir.

Ich umarme Dich
Deine Lilli

Tagebucheintrag 7.10.1945

Lilli, jetzt bist Du schon sechs Monate verschollen. Wo bist Du nur? Wie gerne würde ich mit Dir über alles reden, was ich erleide.

Er zwingt mich jetzt jede Nacht dazu. Es ist so abstoßend. Übergeben muß ich mich aber nicht mehr. Auch bleibe ich danach bei ihm. Ich will nicht jede Nacht die Kinder wecken. So furchtbar diese Sache für mich ist, seitdem ist er nicht mehr so gewalttätig. Er beginnt sogar ab und zu ein Gespräch mit den Kindern über ihre Freunde und was sie gerne machen. Manchmal kommt er auch in die Küche und setzt sich eine kurze Zeit zu ihnen, wenn sie Hausaufgaben machen. Einmal hat er den Kleinen sogar schon bei einer Rechenaufgabe geholfen. Rechnen konnte er früher schon gut, er war ja bei Bauer Ranft immer für die Rechnungen zuständig. Die Kinder haben aber weiter Angst vor ihm und ich habe ihnen eingeschärft, nie über den Krieg oder die Zeit davor zu sprechen, wenn er dabei ist. Es ist besser, bis auf die Gefühle, die ich für ihn empfinde. Ich hoffe, auch das wird besser.

Brief von Lillis Mutter an Eva vom 14. Oktober 1945

Liebe Eva,

es ist meine schwerste Pflicht, Sie von Lillis Tod zu unterrichten. Heute morgen habe ich den Brief bekommen. Er ist noch in den letzten Tagen des Krieges abgestempelt worden. Lilli ist am 5. Mai in Berlin von einer

Gewehrkugel getroffen worden. Sie ist aufgrund ihres Ausweises identifiziert worden. Der Hauptmann, der mich von Lillis Tod unterrichtet hat, hat mir auch mitgeteilt, sie ist ordnungsgemäß in einem Grab auf dem Friedhof Berlin-Zehlendorf beigesetzt worden.

Er habe als Amtsperson an dem Begräbnis teilgenommen. Ihr Grab ziere ein einfaches Holzkreuz. Die Kosten für die Beerdigung, das Grab und das Holzkreuz sei vorläufig aus der Staatskasse entrichtet worden. Eine Rechnung würde mir in Kürze zugehen.

Liebe Eva, Lilli hätte über diese Formulierung und die Bürokratie ein paar Tage vor Kriegsende sicher gelacht.

Lilli hat all Ihre Briefe sorgsam aufgehoben und sie hat mich vor ihrer Abfahrt damit beauftragt, wenn ihr etwas passiert, Ihnen alle Briefe zu schicken. Sie meinte, bei Ihnen wären sie gut aufgehoben. Über den Verbleib Hans-Georgs kann ich Ihnen leider keine Auskunft geben.

In Verbundenheit und tiefer Trauer

Ihre Katrin Hartwig

Tagebucheintrag 17.10.1945

Lilli ist tot. Für wen habe ich denn alles aufgeschrieben? Wer könnte mir jetzt Trost spenden, einen Rat geben?

Die Kinder sollen nicht erfahren, was ich denke. Lilli ist tot. Es hat keinen Sinn mehr etwas aufzuschreiben. Ich werde alles in den Ofen werfen. Es bleibt alles wie es ist, ich muß ihn ertragen für die Kinder. So viel Gewalt, der Krieg ist schuld, ich hasse ihn, ich hasse Erich.

Brief von Lillis Mutter an Eva vom 25. November 1945

Liebe Eva,

ich kann Ihnen jetzt doch Auskunft über den Verbleib Hans-Georgs geben. Ich habe heute einen Brief aus einem Heim bekommen. Der Brief war noch an Lilli adressiert. Hans-Georg ist in einem Heim für Kriegsversehrte. Er hat leider durch seine schwere Verwundung nicht nur seinen linken Arm, sondern wohl auch seinen Verstand verloren. Die Ärztin, die diesen Brief noch an Lilli geschrieben hat, sagt, er scheint in einer Traumwelt zu leben. Er redet nur unzusammenhängende Sätze und scheint nichts um sich herum wahrzunehmen. Nur bei der Nennung ihres Namens scheint er kurz die Umwelt zu erkennen. Dieser Zustand halte aber nie länger als ein paar Sekunden an.

Sie bittet in ihrem Brief Lilli dringend um einen Besuch, da dies vielleicht Besserung versprechen würde. Ich habe sie gerade über Lillis Tod in Kenntnis gesetzt. Vielleicht ist es für Hans-Georg besser so, wenn er nichts mitbekommt. Er hat Lilli wirklich über alle Maßen geliebt.

In Verbundenheit
Ihre Katrin Hartwig

Tagebucheintrag 12.3.1956

Erich ist tot. Ich empfinde nichts. Keine Trauer, keine Wut, nicht einmal Mitleid.

Tagebucheintrag 20.3.1956

Habe heute Lillis Grab besucht. Das Holzkreuz habe ich schnell gefunden. Endlich habe ich ihr mein Tagebuch vorgelesen und mich von ihr verabschiedet. Wie sehr ich sie immer noch vermisse.

Letzter Tagebucheintrag 21.3.1956

Ich habe heute Hans-Georg aus dem Heim abgeholt. Er hat sich kaum verändert. Nicht einmal seine Haare sind richtig grau geworden. Er hat mich, glaube ich, erst nicht erkannt. Er war so weit weg. Erst an Lillis Grab. Ich habe ihm gesagt, hier liegt Lilli. Da hat er erst mich angesehen, dann das Holzkreuz und hat laut gelesen:

»Lilli Marten, geborene Hartwig.«

Danach hat er geweint, wie ein Kind. Ich habe ihn umarmt und festgehalten. Doch plötzlich hat er mich weggestoßen und mich wieder mit diesem abwesenden Blick angesehen. Aber ich bin sicher, er hat es verstanden.